感动系列

把爱传下去

——感动小学生的 100 个长辈

◎总 主 编：刘海涛
◎主　　编：滕　刚

九州出版社
JIUZHOUPRESS | 全国百佳图书出版单位

图书在版编目(CIP)数据

把爱传下去:感动小学生的100个长辈/滕刚主编.–北京:

九州出版社,2006.6(2021.7重印)

("读·品·悟"感动亲情系列. 第2辑/刘海涛主编)

ISBN 978-7-80195-483-1

Ⅰ.把… Ⅱ.滕… Ⅲ.散文–作品集–世界

Ⅳ.I16

中国版本图书馆 CIP 数据核字(2006)第 058635 号

把爱传下去:感动小学生的 100 个长辈

作　　者	刘海涛(总主编)　滕　刚(主编)
出版发行	九州出版社
地　　址	北京市西城区阜外大街甲 35 号(100037)
发行电话	(010)68992190/2/3/5/6
网　　址	www.jiuzhoupress.com
电子信箱	jiuzhou@jiuzhoupress.com
印　　刷	北京一鑫印务有限责任公司
开　　本	787 毫米 × 960 毫米　16 开
印　　张	12.5
字　　数	310 千字
版　　次	2006 年 6 月第 1 版
印　　次	2021 年 7 月第 3 次印刷
书　　号	ISBN 978-7-80195-483-1
定　　价	32.00 元

目　录

谁是圣诞老人

给我亲爱的爷爷

姥姥那棵"太阳树"

妈妈的味道

父亲的眼睛

谁是圣诞老人

把爱传下去

　　奶奶,您就像一把美丽的雨伞,猛烈的太阳中,您为我撑起伞挡住太阳。

　　奶奶,您就像一棵大高的树,我就是您身上的叶子,您把养料给了我,让我长得更加健壮、嫩绿。

　　奶奶,您是天上的月亮,我就是天上的星星,您天天陪在我身边,让我更加明亮、耀眼。

　　奶奶,您就像一个祛寒退热的毛巾,生病发烧时,陪我渡过阵阵难忍的疼痛,皱纹爬上奶奶的脸。

　　奶奶,我梦见自己像一根拐杖,在您需要时,时时刻刻的我和您相伴着。

　　奶奶,我梦见自己像一艘飞船,带着您环游世界。

嘎宝呆立着。他望着奶奶的背影,他不知道奶奶一早从山上蹒跚下来给他送菜到现在还是空着肚子。

雪

● 文/贝 贝

奶奶找到学校的那天上午,雪可大啦!校门口的楠竹被压得嘎嘎直叫,屋檐上还悬着硬邦邦的冰凌棍。奶奶裹着一件旧棉衣,一连找了好几个教室,才找到她的孙子——嘎宝。

是同村的狗剩告诉嘎宝的,那时刚好下课,嘎宝却仍在埋头做作业,狗剩戳了他一下:"瞧,你奶奶来了。"

"奶奶!"嘎宝奔出教室,扯起了奶奶的手,奶奶拄着拐杖,臂弯里挂着一只竹篮,篮子上盖了块印花布,布上落了一层洁白的雪。奶奶的脚成了两个雪团,她跺了跺脚,嘎宝这才注意到奶奶穿的是爸爸的那双旧靴子,靴中间还紧绑着两根稻草绳子。奶奶多像一个叫花子。嘎宝直想哭。

嘎宝说:"奶,您来干吗?"

奶奶说:"我还能来干吗?"

嘎宝说:"天下着雪呢。"

奶奶说:"起劲走就不会冷了。"

嘎宝瞧见奶奶头顶落上了厚厚的一层雪花,怪白的。嘎宝帮奶奶拭去了雪。这时,奶奶问他这个星期带的咸菜还剩多少,米够不够吃,还问他学校里有没有热水洗澡……嘎宝说还可以。奶奶不满意孙子说还可以。

她把孙子领下楼,来到大礼堂,抖抖索索地从篮里端出一只瓷碗,碗里有四个金黄金黄的荷包蛋。她用筷子夹起一个,递到孙子的嘴边说:"还有点儿热,你先吃一个……"

嘎宝迟疑了一下,问:"奶,你吃了没有?"

奶一唬脸,说:"你吃你的!"

嘎宝真有点儿饿,一口就咬了一大半,腮帮上鼓出一个圆圆的包……

这时候,奶奶让他蹲下吃,细细地嚼,不要吃得太快了,噎着……

嘎宝眼眶湿润了。

"唉……要是你爹娘在世就好了……"

"奶奶……"嘎宝喊不出声来。

奶奶把孙子脖子下那颗纽扣扣上了,又捏了捏他的棉衣,"明年要做一件厚实点的了。"说罢又叮嘱道,"晚上睡觉时要把棉衣盖在被子上。"然后从怀里摸出一块巴掌大的折叠手帕来,揭去三四层,右拇指蘸了一点儿口水,数出一沓零碎票儿来,交给孙子说:"这三块钱你要买点儿新鲜菜吃。"随后拿起拐杖,回头望了孙子一眼,又望一眼,走了……

嘎宝呆立着。他望着奶奶的背影,他不知道奶奶一早从山上蹒跚下来给他送菜到现在还是空着肚子。他看到外面雪花还在放肆地飘,不一会儿雪花落满了奶奶的头顶,奶奶的头顶本来就是如霜白发,这下雪与发交融在一起,越发显得晶莹耀眼了……

寒冬的一股暖流

赏析／多　玛

一个寒雪飘飘的冬日,一位上了年纪的老人,饿着肚子,拄着拐杖蹒跚走在山路上,只为给在学校读书的孙子送去可口的饭菜和钱票,询问一下孙子在学校的生活。这样的一种感情对我们的内心是怎样的一种触动啊!

文中奶奶和孙子嘎宝见面的时间非常短,但奶奶一系列细微的动作和言语的描写,已把长辈对孙儿无尽的浓浓的关爱全部体现了出来。相信在我们的心中,也有种种这样的生活图画,虽然背景不同,但主题是相同的。

那是怎样的一双手啊：整个手掌肿得很大，红色的伤痕斑斑点点！

奶奶的手

● 文/[韩]李美爱　佟晓莉　译

　　父亲在一家小公司工作，很辛苦地赚钱养家。为了替父亲分担一些任务，奶奶上山挖野菜，整理完再把它们卖掉，以此来贴补家用。这样，奶奶一整天都泡在山上，挖完野菜回来后，拣菜一直要拣到后半夜。然后，在东方渐渐露出鱼肚白的时候，奶奶就头顶菜筐，穿过山路，去市场卖野菜了。

　　"这位大姐，买点儿野菜吧。给你便宜点儿！"

　　尽管奶奶很辛苦地叫卖，但比起生意兴隆的日子，生意清淡的日子总是占大多数。

　　我很讨厌没有奶奶的房间，因为那会让我备感孤单；也很讨厌奶奶挖山野菜，因为只要我一做完作业，就必须帮奶奶拣菜。而这个脏活儿,常常把我的指尖染黑。如果那样,无论用清水怎么洗,那种脏分分的黑色总是洗不掉,让我懊恼极了。

有一天,发生了一件让我措手不及的事儿。

"礼拜六之前,同学们一定要把家长带到学校来。记住了吗?"老师对我们说,"学校要求学生们带家长到学校,主要是为了商量小学升初中的有关事宜。"

别的同学当然无所谓,而我……能和我一起到学校的,只有奶奶一个人。

听到老师的话,我无奈地叹了一口气。

"唉……"

寒酸的衣服、微驼的背……最要命的,是奶奶指尖那脏分分的黑色!

不懂事的我,掩饰不住内心的焦虑,不知道该怎么办才好。

不管怎么样,我都不愿让老师看到奶奶指尖的颜色。我满脸不高兴地回到家,犹犹豫豫地说道:"嗯,奶奶……老师让家长明天到学校。"

虽然不得不说出学校的要求,但我心里却暗自嘀咕:唉,万一奶奶真的去了,可怎么办啊?我心底备受煎熬,晚饭也没吃,盖上被子,蒙头大睡。

第二天下午,有同学告诉我,老师让我去教务室。还没进屋,我忽然间愣住了,几乎在一瞬间,我的眼睛里充满泪水!

"呀,奶奶!"

我看见老师紧紧握住奶奶的手,站在那里。

"智英呀,你一定要努力学习,将来好好孝顺奶奶!"

听到老师的话,我再也忍不住,顷刻间眼泪夺眶而出!

老师的眼角发红,就那样握着奶奶的那双手。那是怎样的一双手啊:整个手掌肿得很大,红色的伤痕斑斑点点!

原来,奶奶很清楚孙女为自己的这双手感到羞愧,于是整个早晨,她老人家都在用漂白剂不停地洗手,还用铁屑抹布擦手,想去掉手上的黑色！结果，手背上裂开了大大小小的口子，血从里面流了出来。

看到那一双手，我才懂得了奶奶那颗坚忍而善良的心！

心里的阴影消逝了

赏析／秋　娟

　　文中的奶奶是一个勤劳、朴实、善解人意的老人，为了帮儿子挣钱补贴生活，她不顾自己年岁已高，每天上山挖野菜，虽然挣钱不多，可她还是坚持劳动。智英非常爱奶奶，也很依赖她，"我很讨厌没有奶奶的房间，因为那会让我备感孤单"。但孩子的虚荣心让她害怕师生们看见奶奶的黑手，虽然她没有说出来，但奶奶心里明白，这位憨厚的老人居然用漂白粉洗手，不仅严重伤害了自己的双手，也强烈地震撼了智英的心。漂白粉洗去了奶奶手上的黑色，也洗去了智英心里的阴影，奶奶对自己的爱是那么无私。

这是一个美丽的故事,它告诉我们,对别人付出爱就是对自己最大的回报!

一 双 新 鞋

● 文/[加拿大]埃尔西·菲利普斯　张白桦　译

"您不喜欢我的新鞋吗?"孙女丽贝卡把一双漂亮的高跟鞋放在我的膝上,"才八十五美元。"

"天哪,我一定是老了。买双鞋要花这么多钱吗?"

"哦,奶奶,我就知道您会这么说。"二十三岁的丽贝卡是全家的宝贝,"别睡着了,奶奶,您的生日晚会就要开始啦。"

我克制了一下睡意,抚摸着丽贝卡的新鞋,那平平的、凉凉的鞋面,让我想起了多年以前的另一双鞋。那是一九三五年的夏天,一个酷热难当的下午,我站在自家的菜园里。

"小姐,嗨,小姐! 我能喝口水吗?"

一个沙哑的声音吓了我一跳,我急忙转过身,只见篱笆外站着一个不到二十岁的大男孩,衣衫和金发上满是灰尘。最近常有人在村里转来转去地找活儿干。

"进院吧。"我喊道。

他大口大口地喝着,然后把水洒在脸上、手上、背上和头发上。他说:"我能为你干点儿什么吗? 锄草? 浇水?"

活儿有的是,可我拿什么付工钱? 我摇了摇头。看到他两手抱着头蹲了下来,我的心头一紧,我能想像出他的疲惫和绝望。他看起来跟我女儿爱丽丝一般大,他一定是饿了。可冰箱里那点儿少得可怜的食物是爱丽丝的午餐哪。"来,到门厅里坐吧,不要站在日头底下。"我说,然后把冰箱里的食物全都拿出来放在门廊上,转身回了屋。

我瘫坐在椅子里,伸出红肿的双脚,竟不知不觉地睡着了。女儿的叫声把我从睡梦中惊醒:"妈妈,埃克姆商店下星期要招人,老板说谁能穿得体面些,换句话说,只要穿上袜子和体面的鞋,谁就会被聘用。可是妈妈,您看看我这双鞋!"家里没有一双鞋符合埃克姆商店的要求,我也没钱给她买新的。"亲爱的,咱们还有一周时间。"

"您总是这么说。妈妈,可总是憧憬又有什么用!"

一星期以后,我在信箱里发现了一个白色信封,上面没写地址姓名,也没贴邮票。信封里有张棕色纸片,上面用铅笔写着:"菜园里的女士:你让我吃饱喝足休息好之后,我在货栈找到了一份工作。是你帮助了我,使我自觉在别人眼里还算体面。现在,让我来帮你。"信封内还有张一美元的纸币。

"爱丽丝,快来。"我嚷着冲进屋,"你可以买一双你能发现的最好的鞋,穿着它,你明天会成为埃克姆商店最体面的店员!"

"奶奶,醒醒,您刚才在讲故事,对吗?"丽贝卡揶揄道,"一定是个快乐的故事,奶奶,您的脸上还带着笑呢。"

"是个美丽的故事。"我挣扎着站起来,丽贝卡的新鞋"啪"的一声从膝头落到地上。

爱从不掉链

赏析／秋 娟

在那贫困的岁月里,工作难找,人们艰难度日。母爱是伟大的,它不因灰暗的社会而失色。一个男孩向一位母亲讨水喝,当时他因饥饿而无精打采,这位的母亲看着跟自己女儿一般大的孩子在受苦,内心顿时闪现母爱的光芒,她知道这也是一个需要母亲般关怀的孩子,善良的她尽力帮助了这个男孩。而令她没有想到的是,她为别人付出的爱心很快也给自己的孩子带来了希望和快乐!

这是一个美丽的故事,它告诉我们,对别人付出爱就是对自己最大的回报!

虽然杏树没有了，但奶奶对一家人的爱和奉献却永远扎根在每个人心里。

老 杏 树

文/冯玲玲

　　我家院子里有三棵老杏树，每一棵都有一抱多粗了。听奶奶说，这三棵老杏树还是她刚过门时栽下的。春天里，杏花开满枝头，一进村就能闻到馥郁的香味。夏日里，三棵树犹如三把绿伞，枝叶勾勾连连，纵横交错，天上下小雨树下都不会掉水滴。尤其是三伏天，中午洗好澡，躺到树下的竹床上，凉爽爽的，又解热又解乏，别提多惬意了。

　　小时候，我只知道杏树结甜杏，长大了才知道这树还结着奶奶的一颗心。

　　那年，家里耕田的老牛不中用了，父亲盘算了许久，决定把杏树卖掉，买台拖拉机。奶奶听了没说话，一连好几天闷闷不乐，饭也吃不下，还哭了一场。母亲安慰奶奶说："就刨两棵，还给您留着一棵呐。"

奶奶这才露出了笑容。我问母亲为啥?母亲说那是留给奶奶做喜棺的树。后来父亲向全家人保证:"这一棵说什么也不能卖了,将来添置些木料,一定得把老人家的喜棺做好,了却奶奶心中的一件大事。"

剩下的一棵树很通人性,杏子年年结得如天上的繁星一样稠。奶奶一粒杏子也舍不得吃,总是拿卖杏的钱给我添置新衣。

奶奶岁数大了,父亲不让她下地,可她总也闲不住,成日提着化肥袋子,到处拾破烂,什么塑料布、烂鞋底、旧铁片,待收废品的人来,再把它们卖掉。我不忍心地劝她:"奶奶,别拾破烂了,家中有吃有穿,您安安稳稳过几年好日子吧。"奶奶笑笑说:"杏树老了,可还能结出许多果子,我怎能整天闲着?"

今年真不幸。一场大水把父亲承包的鱼塘冲垮了,也冲去了我们一家人的笑容。我刚上高中,正是急需用钱的时候,近千元的费用到哪里能筹来呢?一连几日,父亲常常抽闷烟,妈妈愁眉不展,奶奶也心事重重。

这天吃早饭时,奶奶似乎下了许久的决心似的,对父亲说:"把那棵老杏树刨了吧,树太老了。如今丧事不让大操大办,更不准打喜棺了,这老树留着它也没啥用,不如刨了卖掉,给咱玲玲交学费。"父亲愣住了:"妈,您……""卖掉!"奶奶坚定地说。屋里安静极了,谁也没再说话,我的眼泪滴滴答答地掉进了饭碗里。

傍晚,我从学校回来,一进院子就发现浓茂的杏树没有了。我含着眼泪跑进屋里:"奶奶!"奶奶颤巍巍地从贴身的衣袋里摸出一叠崭新的钞票:"玲玲,拿去交学费吧!""把老杏树卖啦?"虽然早已猜到了答案,可我还是不敢相信。父亲"嗯"了一声,面带愧色地低着头抽闷烟。"拿着。"奶奶用力地把钱塞进我的手里。

"我再给你凑一百。"奶奶又从床垫底下掏出一个小布包,剥去几层,钱露出来了——许多皱巴巴的一元两元钞票,还有一角两角的硬币!"我用不着,都给你吧!"钞票在奶奶手里微微抖动着。我终于明白了奶奶拾破烂的用意,再也忍不住,"扑"地跪在她面前,紧紧握住她那双干枯的手,失声痛哭起来:"奶奶……"奶奶抚摩着我的头,语重心长地说:"以前咱家穷,读不起书,现在生活虽然紧巴些,可说什么也不能耽误孩子了。你要好好念书上进,奶奶等着你中用的那一天。"我说不出话来,只能用力地点了点头……

杏树卖掉了,可我总觉得它还站在院子里,我还能嗅到那浓郁的花香,品味那杏儿的甘甜……

扎根在心底的老杏树

赏析／秋　娟

在这篇文章中,"我"的奶奶是一位思想传统、性格朴实的老人。家庭生活宽裕的时候,她也闲不下来,她有着劳动人民勤劳的美德。她生活俭朴,却总想有一副喜棺;而当家庭经济面临困境时,她毫不犹豫地卖掉老杏树——这种为了家庭幸福和孩子的前途,而舍弃自己"小利"的行为,表现了奶奶无私的品格。虽然杏树没有了,但奶奶对一家人的爱和奉献却永远扎根在每个人心里。

奶奶用她的生命全心全意地爱着我们，爱意融入了衣服中，围绕在我的身边，透进了我的心中，芬芳了我的生命。

暗香 爱香

● 文/佚 名

小 A 曾经对我说："你身上有股特别的香气。"

我不明白哪里有。

直到有一天，当我换下演出服，重新穿上自己的衣服，我似乎才明白——暗香何处来。

清晨，阳光如流水般洒在院子里，伴随着熟悉的流水声轻轻流淌，如微甜的空气里回旋荡漾。

我推开熟悉的锈铁门，随着"吱——"的一声，在阳光的斜射下，奶奶的背影映入眼帘。

又是一股熟悉的味道，暗香涌动。

我疑惑：是洗衣粉的味道，是奶奶的味道，还是都有呢？

我走近了。像往常一样，奶奶弯着腰坐在古老的木盆前，将手浸在水中不断地上下搓动。

"哗，哗，哗……"随着那赋予了节奏般的流水声，香气越来越浓，一群白色的泡泡也淘气地露出了脸儿，有的得意地升上天去，有几个则呆头呆脑地，摇摇摆摆地就撞到了木盆的边上，有一群则牵着手笑盈盈地落了地，大多的却涌上了奶奶的手，爱怜地赐给奶奶犹如天使般的吻……

奶奶的手在泡泡和水中若隐若现。她的手不像母亲的手修长而年轻，也不同于父亲的手坚强而有力。她有她的韵味，像铁树花那样有着岁月的芳香。

　　奶奶的手不断搓揉着衣服,似乎有什么贮进了衣服里。一瞬间,我什么都明白了:是奶奶在日日月月的洗衣中,将充满着爱的香气,贮进了洗衣服的水中,长留于我的衣服上,长留于……

　　"想什么呢,昨天的衣服干了,在沙发上,快把睡衣换下。"奶奶催我换衣服……

　　拿起沙发上的白衬衫,暗香再度袭来,犹如沁人的提神药,流入鼻中,那是洗衣机转不出来的,是洗衣店熨不出来的,是别人、是陌生人搓不出来的。

　　奶奶用她的生命全心全意地爱着我们,爱意融入了衣服中,围绕在我的身边,透进了我的心中,芬芳了我的生命。

　　真庆幸能及早闻出来,那爱的暗香。

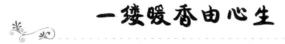

一缕暖香由心生

赏析／秋　娟

　　这是一篇温馨的散文。作者通过描写奶奶洗衣服这件事,体现了奶奶的爱,和"我"对她的感激。奶奶的手不像妈妈的手那样修长年轻, 也不像爸爸的手那样坚强有力,但她尽心尽力地用那双手搓洗"我"的衣服,让我穿得柔软、舒服。衣服上的香味袅绕,时刻提醒我,那是奶奶的爱包围着我,温暖了我的身体,更温暖了我的心。

那关于没有圣诞老人的可恶的谣言就像祖母说的一样是"胡说八道"。圣诞老人不仅活着,而且活得很好。我们都是他的助手。

谁是圣诞老人?

●文/[美]马丁·布朗　罗顺文　译

　　我还记得和祖母度过的第一个圣诞。那时我还是个孩子,我骑着自行车风驰电掣般穿过城镇,去找我的祖母。因为我的姐姐对我说:"根本就没有圣诞老人。"这句话对我而言无异于晴天霹雳。她还嘲笑我说:"就连傻瓜都知道。"

　　我祖母是个痛快人,从不会说谎。那天我飞奔到她那儿是因为我知道她会告诉我真相。她总是实话实说,特别是配上她举世闻名的桂皮面包。实话会更为中听。

　　祖母在家,面包还冒着热气,我一边大口大口嚼着面包,一边把事情一五一十地告诉她。她正等着我呐!

"没有圣诞老人?!"她嗤之以鼻,"胡说八道!别相信那个。这谣言已经流传好多年了,都快把我逼疯了,彻彻底底地逼疯了。现在穿上你的大衣,我们走。"

"走?去哪儿,奶奶?"我问。我的第二块桂皮面包还没有吃完呐。

"哪儿,"原来是克比百货店,我们走进商店大门,祖母递给我十美元。在那时这可是一大笔钱哪!"拿着这钱,给需要的人买点东西,我在汽车里等你。"说完她转身走出了克比店。

我只有八岁,常和母亲一起购物,但自己做主买东西还是第一次。商店里又大又拥挤,满是圣诞购物的人流。好一会儿,我只是呆呆地站在那儿,手里拿着十美元,绞尽脑汁地想着买什么东西,给谁买。我把我认识的人一一想了个遍:我的家人、朋友、同学还有一起去教堂的人。当我突然想到波比·德克尔的时候,我有了主意,他是一个有口臭、头发蓬乱的孩子。在波拉克夫人的二年级班上,他坐在我的正后方。波比·德克尔没有大衣,他从不在冬天课间出外运动。他母亲总是带口信给老师说他感冒了。但所有的孩子都知道他没有感冒,他只是没有大衣。我手里捏着十美元,渐渐地激动起来,我要给波比·德克尔买一件大衣。我选中了一件红色灯芯绒带风帽的,它看起来够暖和,他会喜欢的。

"是给谁的圣诞礼物吗?"我把十美元放在柜台上,柜台后的售货员和蔼地问。

"是的,"我腼腆地答道,"是给波比的。"

那个漂亮的售货员冲我笑笑,把大衣包好,然后祝我圣诞快乐。

那天晚上,祖母帮我把大衣用玻璃纸和彩带包好,然后在上面写上:"给波比,圣诞老人"。祖母说圣诞老人总是要保密的,然后她开车带我去波比家,她解释说这样做以后我就成为圣诞老人的正式助手了。

祖母把车停在波比家旁的街上,她和我悄无声息地潜行到波比家旁的灌木丛中藏好。祖母推了我一把:"好了,圣诞老人。"她低声说:"去吧。"

我深吸了一口气,冲到波比家的前门,把礼物放在台阶上,按响了门铃,然后飞快地跑回灌木丛,和祖母完全地呆在一起。我们在黑暗中屏息等待着,门打开了,波比站在那儿。

时光已经过去四十年了,但当时和祖母一起守在波比家门前灌木丛中的激动和兴奋丝毫没有褪色。那天晚上我认识到,那关于没有圣诞老人的可恶的谣言就像祖母说的一样是"胡说八道"。圣诞老人不仅活着,而且活得很好。我们都是他的助手。

"圣诞老人"的真实传说

赏析／秋　娟

这个故事中的祖母有点儿与众不同,当"我"把对圣诞老人的疑惑告诉她时,她居然被这谣言"逼疯了",真是一个脾气大的老太婆呀!与其说祖母信仰圣诞老人,不如说她信仰人世间的真、善、美,而且她用行动证明了这一点,也彻底打消了"我"的疑虑。欣喜的不仅是波比得到了"圣诞老人"的礼物,"我"也因有幸成为圣诞老人的助手而快乐!

人的一辈子也是一条陡峭的台阶路,需要拼全部的力气去走。你们现在还小,将来要做一个有用的人,就得多爬几个这样的台阶,虽然艰难,但毕竟是一条向太阳愈走愈近的光明的路。

太 阳 路

● 文/贾平凹

小的时候,我们最猜不透的是太阳。那么一个圆盘,红光光的,偏悬在空中,是什么绳儿系着的呢?它出来,天就亮了,它回去,天就黑了;庄稼不能离了它,树木不能离了它,甚至花花草草的也离不得它。那是一个什么样的宝贝啊!我们便想有一天突然能到太阳上去,那里一定什么都是红的,光亮的,那该多好,但是我们不能。想得痴了,就去缠着奶奶讲太阳的故事。

"奶奶,太阳是住在什么地方呀?"

"是住在金山上的吧。"

"去太阳上有路吗?"

17

"当然有的。"

"啊,那怎么个走法呀?"

奶奶笑着,想了想,拉我们走到门前的那块园地上,说:

"咱们一块儿来种园吧,每人种下你们喜爱的种子,以后就会知道了。"

奶奶教了一辈子学,到处都有她的学生,后来退休了就在家耕务这块园地,她的话我们是最信的。到了园地,我们松了松土,施了施肥,妹妹种了一溜眉豆,弟弟种了几行葵籽,我将十几枚仙桃核儿埋在篱笆边上,希望长出一片小桃林来。从此,我们天天往园地里跑,心急得像贪嘴的猫儿。十天之后,果然就全发芽儿了,先是拳拳的一个嫩黄尖儿,接着就分开两个小瓣,肉肉的,像张开的一个小嘴儿。我们高兴得大呼小叫。奶奶就让我们五天测一次苗儿的高度,插根标记棍儿。有趣极了,那苗儿长得飞快,标记棍儿竟一连插了几根,一次比一次长出一大截来;一个月后,插到六根,苗儿就相对生叶,直噌噌长得老高了。

可是,太阳路的事,却没有一点儿迹象。我们又问起奶奶,她笑了:"苗儿不是正在路上走着吗?"

这却使我们莫名其妙了。

"傻孩子!"奶奶说,"苗儿五天一测,一测一个高度,这一个高度,就是一个台阶;顺着这台阶上去,不是就可以走到太阳上去了吗?"

我们大吃一惊,原来这每一棵草呀,树呀,就是一条去太阳的路啊!这通往太阳的路,满世界看不见,却到处都存在着啊!

奶奶问我们:"这路怎么样啊?"

妹妹说:"这路太陡了。"

弟弟说:"这路太长了。"

我说:"这路没有谁能走到头的。"

奶奶说:"是的,太阳的路是陡峭的台阶,而且十分漫长,要走,就得用整个生命去攀登。世上凡是有生命的东西,都在这么走着,有的走得高,有的走得低,或许就全要在半路上死去。但是,正在这种攀登中,是庄稼的,才能结出籽粒;是花草的,才能开出花朵;是树木的,才能长成材料。"

我们都静静地听着,站在暖和的太阳下,发现着每一条路和在每一条路上攀登的生命。

"那我们呢?"我说,"我们怎么走呢?"

奶奶说:"人的一辈子也是一条陡峭的台阶路,需要拼全部的力气去走。你们现在还小,将来要做一个有用的人,就得多爬几个这样的台阶,虽然艰难,但毕竟是一条向太阳愈走愈近的光明的路。"

奶奶教的人生路

赏析/秋 娟

孩子的头脑中总有些奇思妙想,这是孩子的天性,"我们"的奶奶非常了解这一点,她积极开发孩子的想像力,引领他们走正确的求知路,是一个智慧的老师,也是一个让人敬佩的长者。

大自然藏着无数的秘密,揭开这些秘密需要知识,而理解这些秘密却需要积极、健康的心灵。文中这位奶奶的伟大之处就在于,她不仅对孩子们提出的太阳问题有一说一,而且通过组织劳动,让孩子们了解到深刻的人生道理,实在难得。

直到今天，我都为自己的贸然发问后悔不已。我为什么要自作聪明地用手指捅一位老人期待和自豪的泡沫？

宝石项圈

●文/毕淑敏

在一次家庭宴会上，我看到一位老人，带着一个非常美丽别致的项圈，那上面有十一块宝石，颜色形状各不相同，但看得出，每块都很名贵，在灯光下发出彩色的射线。老奶奶身体的每一部分，都向着她的项圈倾斜着，你在看到她的那一刹那，必会注意到她的项圈。因为她的表情、体态和所有的肌肉，都像指针一样指向了她的项圈。如果你注意不到她的项圈，你简直就是一个瞎子。如果你注意到了她的项圈，却不过问这件事，那你简直就是对她的大不敬了。

在这种压力之下，每个人在寒暄之后，都要夸奖她的项圈。她就如愿以偿了,情绪高昂地说着什么。轮到我与她见面,我的谈话也从项圈开始。"这是我看到过的最美丽最别致的项圈之一。"我说。

这可并不全都是客套。那项圈的确是独一无二的,晶莹璀璨。

"谢谢。它的确是独一无二的。我把毕生积攒的名贵宝石都拿了出来,我自己设计了这个样式交给工匠,无论从价值还是款式来说,它都极为名贵。而且,对我来说,它的价值更是无可估量的。因为这个项圈有很大的象征意义。"老奶奶说。她说话的时候,脑袋摇个不停,脖子上的项圈就宝石相撞,精光四射,仿佛一串电焊的火花。

话说到这个份儿上,脖子晃成了这个样子,出于礼貌,你就是再没兴趣,也得问老人家这个项圈的象征意义是什么。

老奶奶就像一个下了套子的猎人,看到你的爪子果不其然地被她绊住了,兴奋溢于言表。她说:"我这十一块宝石,代表我的十一个孙子和孙女。蓝色和绿色的宝石,代表的是男孩,粉红色和橙黄色的宝石,代表的是女孩。现在,你已知道了这个秘密,你仔细地数一数,我有几个孙女几个孙子。"

我很精心地数过了,但老奶奶究竟有几个孙女几个孙子,又忘记了。记住的只是她那张充满期待的脸和筋络缠绕的脖子。项圈是美丽的,但如此近距离地观看一张苍老的面庞,在晶莹剔透的项圈的映照下,有一种残酷的枯萎。

也许是太想让老奶奶高兴了,这时,我千不该万不该,问了一句话:您的这十一位孙女孙子常常来看您吧?

老奶奶的脸色黯淡下来,喃喃地说:"是啊,他们来过,可是,已经很久不来了……"

整个晚上,我都为自己的贸然发问后悔不已。

不。直到今天,我都为自己的贸然发问后悔不已。我为什么要自作聪明地用手指捅一位老人期待和自豪的泡沫?

有时,我看到大街上的女孩带着灿烂的宝石项圈,会不由自主地想到,天底下,无论东方还是西方,无论中国还是美国,有没有这样一个女孩,在盛大的宴会上,骄傲地指着自己项圈上的宝石对来宾说,

把爱传下去

感动系列

这块蓝色的宝石,是纪念我的祖父,这块红色的宝石,是纪念我的祖母。他们永远在我心中。

有吗?

有吧。

宝石有价,亲情无价

赏析／秋　娟

每个家庭中都有老人,他们虽已年迈,却是家庭中不可缺少的人。缺少老人的家庭是不完整的,没有老人疼爱的孩子是很可怜的。老人们总是默默地牵挂子孙,可子孙却经常对他们漠不关心。

就像故事里的这位老奶奶,她在皮肤松弛的脖子上戴着一串醒目的项链,她以此为荣,到处"炫耀",并非这项链多贵重,而是上面的每个珠宝都代表她的一个孙子。在这位老人眼里,孙儿才是她最珍贵的财富,可她的孙儿们也是这样想的吗?

如果你还在享受爷爷奶奶的爱,那就好好想想该怎么做吧!

我知道,我的祖母箱将会一代一代传下去,成为快乐的源泉,它从我奔放的想像中走了出来,变成了一件真正的传家宝。

祖 母 箱

● 文/[美]查里蒂·E·麦克唐娜　杨振同　译

阳光和煦,学年快要结束了,人们都精神焕发。而我则要重返教坛,去对付那些从书包里冒出来的形形色色的"禁果"——从万圣节前夕戴的猪小姐面具、圣诞节的铃铛,到愚人节的假蜘蛛。不过,现在是水枪的春天。

在课堂上,水枪是很容易隐藏的,而且只消一刹那就能射中目标。我惟一的线索是那喷涌而出的水柱,以及那个被射中的倒霉的靶心,还有桌面上积水成潭时同学们大呼小叫的声音。而我的另一个问题则是:如果我真的发现了一个"罪魁祸首",该怎么对付他呢?

为此我请老教师们来帮我出谋划策。科学课老师急于表现他的高招儿:"把枪没收!扔到地板上,用脚使劲儿踩,踩它个稀巴烂!"他一边表演,一边用脚猛踩想像中的水枪。

"这一招很灵,"他向我保证,"谁也不想看到他的水枪被毁了。这样,那些孩子就不往班上带水枪了。"

我决定采纳他的建议。第二天,没过多久,一股水柱就腾空而起、穿过教室……水枪被缴上来了——是枝蓝色的漂亮水枪。我把它扔到地上时,学生们都在饶有兴味地观看。我猛地一脚朝水枪踩下去,水枪从我脚下"嗖"地飞了出去,直冲向空中,正好被水枪的主人接住,他满脸坏笑!大家都高兴坏了,觉得这简直就是个精妙绝伦的笑话。

我决定另辟蹊径,对付"禁果"。

第二天上午,学生们都兴奋异常,想知道我将怎么处置这些水枪。他们没有等多久。

"请把那枝水枪给我,"我说,"我要把它放在我的祖母箱里。"

"什么祖母箱?"他们想知道。

"是一只箱子,里面放满了给我孙子孙女们准备的玩具。"我答道。

"您没有孙子孙女啊。"有人说。

"现在还没有,"我回答,"但是我有五个孩子。有一天他们会结婚,而我也就会有孙子孙女了。到了那时候,我的箱子里就会装满了奇妙的玩艺儿。"

那个春天以后,在对付这些调皮鬼时,我想像中的祖母箱就像符咒一样灵验。

有时,学生们会让我描述一下我放在箱子里的所有物件。这时我就设法记住我假设已经收走的不同"禁果"——实际上,我很少保留它们,通常是在违犯纪律的学生当天放学后来找我时,我就把东西还给他了。

有时,他们则会要我描述那个箱子。"那是一个能工巧匠做的箱子,"我就说,"最漂亮的部分是箱顶上写的精美的字。那上面黑底黄字写着——祖母箱。"

几年过去了,我的大孙子出生了。我和那个年级的全班同学分享了我的快乐。

"他的名字叫戈登,"我说,"为了和我一起庆祝,一个星期不布置作业!"听到这一消息,快乐的叫声响成一片。这时有人说:"现在您可以用您的祖母箱了。"

"嗯,"我答道,"不过,还要过几年戈登才会摆弄水枪呀、扔足球什么的。不过你说得不错,等他会了,那箱子就在那儿放着。"

一件奇妙的事情发生了——孩子们不再向我要回他们的东西,而是说:"算了,把它放在您的祖母箱里,给戈登留着吧。"

我不仅喜欢和我的学生谈我想像中的箱子，也喜欢和我的孩子们谈。他们听我讲到我收集的那些"禁果"时，都非常高兴。

圣诞节到了，他们要我坐到沙发上，闭上眼睛。我含含糊糊地听见儿子唐纳德和布鲁斯在说话。等我睁开眼，眼前放着一个用灰色毛毯覆盖着的庞然大物。

"掀开毛毯！"每个人都叫道。

我掀开毛毯，那里放着我的祖母箱——和我想像的分毫不差——一个精心制作的大木箱子，箱顶上黑底黄字写着漂亮的大字：祖母箱。

我的儿子布鲁斯是一个能工巧匠，是他把我的祖母箱变成了现实。看到箱子制作得如此精美，我哭了。

现在，我的梦想就像我原先想像的那样展现在我面前——当我的孙子孙女们来看我时，他们就直奔箱子而去，看看里面装着什么令他们高兴的东西。

我知道，我的祖母箱将会一代一代传下去，成为快乐的源泉，它从我奔放的想像中走了出来，变成了一件真正的传家宝。

为自己创造一个快乐

赏析／迎　伟

面对一群顽皮得令人头痛的孩子，一个想像中的"祖母箱"应运而生，文章通过这一情节告诉我们：在处理问题陷入困境时，不妨换一种思路，找到一个既能解决问题，又能快乐自己的好办法。结尾写到的"传家宝"，它实际上象征了一种快乐的生活态度，这正是我们每个人都需要拥有的。

奶奶的肉汤

● 文/[美]南希·奥托 王金生 译

小的时候我是在新泽西长大的,那时,我就喜欢和祖父母一起度周末。他们的老房子很大,温暖又舒适。我觉得在奶奶的小厨房里特别随意、放松。我们常在那里进行亲密的交谈。奶奶总是在她准备的每一个菜谱里加上点滴哲理。

我特别清楚地记得,那是一个星期六的早晨,那时我大概是十一岁,前一天我在那儿刚过的夜,吃完早点,我问奶奶:"你今天做什么汤?"我已闻到旧煤气炉上有蓝色斑点的搪瓷锅里炖的肉汤的香味。

"蔬菜牛肉汤,"她回答道,"你可以帮我切点儿胡萝卜和芹菜。"

奶奶在她那粗壮的腰上系了个围裙。我们从冰箱里取出了蔬菜:洋葱、胡萝卜、芹菜、土豆,还有菜花。她递给我刀和菜板。以便我做我那份活。

我边慢吞吞地给胡萝卜削着皮,边抱怨道:"我下礼拜还要做一个口头的读书报告,我有些害怕。"

奶奶看了看我,然后回头看了看她手里的那把掂量好了的切碎的洋葱。她把洋葱放在汤锅里,说:"大多数人都害怕在公众面前讲话,但你要知道,我们惟一要怕的就是害怕本身。那么你到底怕什么呢?"

我一下倒在靠椅里。"好像什么都怕,我不喜欢站在众人面前。我如果忘了要说的话怎么办?如果有人嘲笑我怎么办?"

"要是你一切都做得很好呢？"奶奶说，"你有没有准备发言稿？"

"嗯，没有，那要多花工夫。"

"多干活累不坏人，"奶奶用手中的木勺子指着我告诫说，"你可以对着镜子试着练练。"

我把菜板上的胡萝卜块推到一边。屋子里寂静无声，只能听到奶奶系带的厚跟鞋在破旧的铺着漆布的地板上发出咔哒声。她把切好的胡萝卜拿到煤气炉前放在汤里。接着我一边把芹菜切成小细条，一边继续抱怨学校的作业、朋友以及家人。在我看来，我的麻烦要比我面前木菜板上切好的菜的数量还要多。

当我结结巴巴地讲诉着那些琐碎的不愉快的事情时，奶奶耐心地听着，都听明白了。她在围裙上擦了擦手，将额头上的一缕卷曲的白发理了一下，在我的身边坐了下来，坐得那样近，我几乎闻到了她脸上的香粉气息。这不仅使她的脸看起来白皙了，而且使皱纹都露了出来。

我停住了切菜的手，盯着奶奶灰蓝的眼睛。她的表情和蔼而严肃。"南希，"她开始说，"生活中有一点点麻烦算不了什么，这会磨砺性格的。"

我往后靠了靠，她却向前逼得更近了。她那用链子挂在脖子上的眼镜碰到桌子上，突出了她的动作。我知道她一定有重要的话要说。

"你喜欢我的汤吗？"她问道。汤？我们谈的是我的生活呀，我心里想着。

"我喜欢你的汤，奶奶。"我说。

"那么你知道，现在很多人不再自家做汤了，他们说太麻烦，你得先调好肉汤，然后把所有的蔬菜切成适口的小块。"

"但是小麻烦我是不在乎的，"她说。"这使我的汤和我的生活增添了花样和滋味。没有这些蔬菜，我的汤就会乏味，生活中如果没有点小坎坷同样会如此的。"

停了一会，奶奶又接着说："而且，你要记住，上帝完全知道他要把你的生活安排成什么样，你要相信他的菜谱。"她笑了，然后走到洗涤槽前开始刷碗。

我帮奶奶收拾的时候思考着她说的话。我还有几天时间可以练习我的口头报告。

那个星期六,奶奶不仅给了我一碗自家做的炖菜汤,也给我提出了一个引人深思的问题。奶奶那精心调制的每一勺汤,都含有美味的肉和菜。当我和爷爷奶奶享用美餐时,不知怎的我的问题似乎不再那么大了。我得应付我的问题,奶奶说过努力工作是有回报的。也许我也能将一点麻烦变成一个像奶奶自家炖的菜汤一样特别的东西。

那一份心灵美汤

赏析／秋　娟

俗话说:有志者,事竟成。这句话说起来简单,可做起来不容易,尤其让孩子克服一个看起来很大的困难,就更不容易了,但文中的奶奶做到了。当"我"为做一个口头的报告而烦恼时,奶奶没有对"我"长篇大论地讲道理,而是通过做汤让我恍然大悟。

人们都喜欢美味的汤,就像人们都喜欢成功、荣誉,可迟于行动。奶奶告诉我,这都不是什么难事,只要踏踏实实地完成每一件工序,结果就自然而然地出来了。不要懒惰或怕麻烦,否则怎么说"天道酬勤"呢?

那是一张动人的脸;一张坚持、固执,不向环境低头认输的脸;一张刻着艰辛岁月,却无怨无悔的脸。

阿嬷的脸

● 文/(台湾)方 绮

"阿嬷(编者注:奶奶)走了。"深夜里,阿爸来电,声音哽咽。

连夜搭车南下,车窗外一片漆黑,黑暗中,那张布满风霜、历经沧桑的面庞竟清晰浮现在我眼前,直到眼角渗出泪水,才逐渐模糊……

出生在六十年代的台湾僻远乡村,病苦必定与贫穷紧紧缠结在一起,像一张蛛网,盘踞住一个家庭,从这个角落扩延到那个角落。

身染痨病的阿爸整日躺在阴暗的小屋,不时传来阵阵剧咳声。受不了贫病拖累的阿母,终于狠心丢下病弱老小,远离家门。一家的重担,全落在瘦小的阿嬷肩上。每天,天色微晕,阿嬷就推着一辆破旧的婴儿车出门,巡街扫巷捡拾一些可以卖钱的破铜烂铁。

这是我的童年记忆。记忆中蕴藏着童年时期对贫穷的自卑与憎恶。

从小,我就觉得自己不如人。一个不能赚钱的阿爸,一个捡拾破烂赖以持家的阿嬷,这样的家庭组合让我感到卑微,我总觉得在别人面前抬不起头来。

初中时代,是我自尊心作祟最强烈的时期。我几乎成了自闭症,从不与同学往来,怕同学了解我的状况、知道我的家人,尤其是阿嬷,她的谋生方式简直令我羞耻。

平日,我怕与捡破烂的阿嬷在街头巷尾不期而遇,那蓬松的乱发、满脸的尘垢,乍看之下像是疯妇一般。有一次,我与阿嬷在街中偶遇,她亲切的召唤,引起路人对我行注目礼。当下,我觉得难堪极了,红热的脸,像被一块烧红的铁烙印上,灼痛不堪。从此,老远见到阿嬷的身影,我便闪到另一条巷道,生怕面对阿嬷热络的眼神。大庭广众之下,阿嬷的脸,成了我的梦魇,仿佛是恶魔的狰狞面貌,令我厌恶、害怕。

一次,老师要到家里做家庭访问,我心中紧张极了,怕长期以来建构的帷幕一下子被揭露了。当天,我在约好老师来访的时间,刻意支开阿嬷。偏偏,就在老师访谈结束准备离去之际,阿嬷突然推着婴儿车出现在门口,车上一大堆废纸、铁罐。

"你是……喔!老师喔,我是她阿嬷啦,进来厝内坐啦!"阿嬷热情地招呼老师,一旁的同学却露出讶异的表情:"原来她就是你阿嬷呀!"仿佛沉积已久的谜底,终于答案揭晓。那眼神、是惊讶、是嘲弄、是……顿时,我觉得受到极大的羞辱和伤害。

送走老师后,我冲进小院,将阿嬷的婴儿车翻倒在地,愤怒地将滚落地面的铁罐踢得铿锵作响,疯狂咆哮着:"为什么你是捡破烂的?为什么你要这个时候回来?为什么你要让我在同学面前丢脸……"

当下,阿嬷愣住了,眼睛眨了眨,随即蹲下身去捡拾散落一地的废纸、瓶罐。阿嬷的泪一滴一滴落在尘土上,不发一言。

初中毕业后,我离家住校,靠着半工半读完成高中、大学学业。那段日子,我亲身体会到经济窘迫时的难耐,终于理解阿嬷对金钱的迫切与拾荒的无奈心情。

大学毕业,有了稳定的工作,经济获得改善,我总是将大部分的薪水寄回家,希望阿嬷不必再为生活奔波。不止一次劝阿嬷不要再去捡破烂,阿嬷却说:"有什么不好?当作运动,老人家需要活动筋骨,才不会生病。"

起初,我实在不能理解阿嬷的固执。直到有一次,我与阿嬷上街,阿嬷看见一个铝罐,本能地弯下腰去,却被我用力拉住。我看到阿嬷的眼神从原先乍喜的光彩转为黯淡。我终于明白一件事:"捡拾"已成为阿嬷生活的一种惯性,即使经济无虞,在她的深层意识中也潜藏着一份莫名的执著,是一种苦乐交杂的情怀。理解了阿嬷的心境,我不再坚持要求阿嬷改变什么。

去年,我带着男友回南部老家,在车站巧遇阿嬷。

"阿嬷!"我高声喊她,阿嬷回音,沧桑的脸庞露出欣喜。她佝偻的身子依附着那辆婴儿车,两者之间,仿佛是难以分割的宿命。

当她看见我身旁的男友时,笑容突然僵住了,神色紧张,给结巴巴地说:"我……我不是她阿嬷啦!"

望着阿嬷慌张的神情,我的眼眶立刻充盈着泪水。童年的记忆像一把利刃,同时戳向阿嬷和我的心房。我上前搂住她的肩,亲热地对她说:"你不是我阿嬷,是谁的阿嬷?"阿嬷看着我,又看了男友一眼,她笑了,笑中闪烁着泪光。

夕阳余晖映照着阿嬷银灰的乱发和布满皱纹的脸,黑黝的脸庞映出油亮的光彩。阿嬷笑咧了嘴,露出没有门牙的牙龈,那灿烂的笑容真美,恰如绚丽的晚霞。

那是一张动人的脸;一张坚持、固执,不向环境低头认输的脸;一张刻着艰辛岁月,却无怨无悔的脸。

美丽人生

赏析／迎　伟

童年的自卑,少年的虚荣,成年的理解,阿嬷的爱伴随我的生活,也成为我生活中必不可少的部分,阿嬷用她的一生教育了我,感染了我。同样,也启示了我们每一个人:无论在怎样的境况下,我们都应有勇气正视自己,战胜自己!

文章运用倒叙的方法,回忆了阿嬷令人辛酸的一生,结尾用一组排比句,简洁地概况了阿嬷的性格特点,令人回味。

埃迪赶忙让奶奶坐下,自己则弓起身子遮住奶奶。灼人的灰烬纷纷落在埃迪的手上、脖子上。

带奶奶闯出熊熊烈火

●文/［美］Mark State　杨柳岸　译

森林着火

十七岁的埃迪·贝杰生百无聊赖地待在家里拨弄着自己那把电吉它。因为山里发生了罕见的森林大火,埃迪的学校提前放假了。透过窗子,埃迪能够看见东边远处的山里正冒着滚滚的浓烟,但埃迪毫不担心。因为埃迪的家紧靠在太平洋岸边,海风带来了充分的水汽,这对阻止火灾有着极大的好处。

现在他最关心的是如何写大学入学申请。这本该在几个礼拜之前就完成的,但他觉得自己还没有做过什么值得写的事。

在他的印象中,家人都希望他能够上大学,尤其是他的奶奶——黑兹尔·贝杰生。埃迪还很小的时候,奶奶就常常给他讲自己是如何从亚美尼亚逃到美国来的。

"那是一九一五年,那时我才十几岁。"她说,"一伙士兵闯进我们的村子,烧了我们的房子,还杀了我的父亲和哥哥,我一个人逃了出来,身上一无所有。"

奶奶来到美国后,发现这是一个让努力学习、勤奋工作的人实现梦想的地方。"那时我有了两个孩子,找到了一份全职工作,而且我还成了我们家族中第一个获得高中文凭的人。"奶奶总会充满自豪地说。

这些话,埃迪已经不知道听了多少遍了,但每一次埃迪都会为之感动。

火势蔓延

埃迪的奶奶已经九十三岁了,但还是坚持一个人住,她的公寓就在埃迪家附近。此时她正坐在椅子上,目不转睛地看着电视。"这是二十五年来美国遭受的最大的森林火灾,"一个发言人说,"有大约七千名消防人员参与了救火,但火势仍然没有得到控制……"

就在这时,黑兹尔闻到一股松树着火的气味,她立刻关掉电视,拖着沉重的脚步走到屋外。她看见对面的梅尔·温尼克正在一个朋友的帮助下朝自家的屋顶上喷水。黑兹尔立刻担心起自己的孩子一家来,她决定立刻到他们家看看。

埃迪一家住在 Sierks 大道的南侧,Sierks 大道是一条沿着山脊而行的山间公路。山脊的南北两边是深邃的山谷。这时大约是下午一点,一辆消防车从北面的山谷开来,一个人拿着扩音器对大家喊道:"大家安静!如果你们打算撤离,我们会为你们提供帮助……"

埃迪的妈妈听了喊话,开始将一些银行存折和保险单据收进箱子，一边叫埃迪收拾好可以带走的东西。

埃迪仍不以为意地按动着手里的电视遥控器，但这时电视信号已经没有了。埃迪的心这才提起来，他拿起电话想给远在华盛顿的爸爸打个电话，但电话也接不通了。

"埃迪，快去给屋顶浇些水。"妈妈在另一个房间冲他喊。

他赶紧跑到屋外，在花园里找了一根软管，接上水龙头，架起梯子，登上屋顶。不远处的树林里已经升起了乌黑的浓烟，埃迪赶紧拿起软管向自己家的木屋上喷水。这时他看见奶奶正焦急地向这边赶过来。

埃迪喷完水，从屋顶上下来时，妈妈还没有收拾好东西。

"你带奶奶先走，我收拾完东西就赶过来。"她对埃迪说，"你一定要保护好奶奶。"

一英里以外的地方已经是火光冲天，炽热的气流汇聚成一股强大的龙卷风，风夹着火苗横冲直撞，所到之处无不变成一片火海。

尽管飞机不断地从空中向着火处投掷阻燃物，但都好比杯水车薪，根本不起作用。黑兹尔站在露台上，害怕极了，双手不由地撕扯着自己的头发，八十年前那次不幸的遭遇又浮现在她的脑海里。她大口大口地喘着气，双手痛苦地按住自己的胸口。

埃迪跑了过来，将一块湿毛巾捂在奶奶的鼻子上。他认为要离开这儿，最快的办法是从北坡下去，那里可以直接到达海边的高速公路，可以在那儿和妈妈会合。

险象环生

埃迪领着奶奶走过后院，然后开始下坡。突然他们听见"呼呼"的呼啸声，这是火的声音，大火正如一条火龙一般猛扑过来。

黑兹尔尖叫了起来，猛地挣开埃迪的手，结果一不小心失去了平衡，摔倒了。就在黑兹尔要滚下坡时，埃迪一把抓住了她。

与此同时，埃迪看见在他们对面距山谷底二百码的山坡上，火已经烧成了一片,他能感觉到一股股热浪迎面扑来。

此时他们距谷底只有一百多码,要是埃迪独自一人,他完全可以顺利地跑到谷底然后奔上高速公路。可现在还带着奶奶,他担心在他们到达谷底之前,火就烧到了。

"奶奶,我们必须回去。"他大声地说,并把奶奶往上拉。

"下去,我们只能往下走。"奶奶不顺从地极力想抽回自己的胳膊。

火远比埃迪想像的快得多,不一会儿就烧到了谷底,现在又向他们这边烧上来。埃迪知道再也没有时间争辩了。"快走,黑兹尔·贝杰生!"他急得竟用了如此严厉的口气命令起奶奶来了。说完拽住奶奶的胳膊就往山坡上爬,身后汹涌的火势就如同在耳边呼啸。

两人挣扎着爬上了山坡,坐在地上大口大口地喘气。此时火还差四十码就要烧上来了,而大道的另一边,火还差一百码就烧过来了。Sierks 大道的出口已经没有了。"完了!"埃迪心想,"一切都完了。"

"埃迪!"埃迪突然听见温尼克的声音,他和他的朋友瓦斯特在一起,他们也知道道路被火封着的消息。"我们必须重新找一条下山的路!"

"也许我们可以从你家后面下去。"埃迪说。

"那可是荒林,根本没有路,"温尼克说,"我不认为这个办法可行。"

"那我们走哪儿?"黑兹尔呻吟着问。

"我们必须在南边的密林里走出一条路来,那可是我们惟一的办法。"埃迪坚定地说。

此时此刻,埃迪的妈妈培特正驾着车离开山谷。她从车的后视镜里看到山上已经火光冲天,她想埃迪和婆婆一定已经搭邻居的车离开了。

几分钟后,培特就安全地来到了高速公路上,她四处打听家人的消息,始终没有结果。培特万分焦急。

在山的南坡,瓦斯特正挥舞着大砍刀,艰难地辟开一条道路。埃迪和温尼克架着黑兹尔紧随其后。瓦斯特开辟的道路越来越窄,右侧几码处就是陡峭的山崖。埃迪走在后面,从身后飘来的浓烟几乎迷住了他的眼睛,有几次还差点跌下山崖。

突然一阵风刮来,带来一片灰烬,铺天盖地地向他们扑下来。埃迪赶忙让奶奶坐下,自己则弓起身子遮住奶奶。灼人的灰烬纷纷落在埃迪的手上、脖子上。

动物们被山火惊吓得乱叫,一只大眼睛鹿飞快地从他们身边掠过,天上的鸟儿也迷失了方向,发出哇哇的凄叫。

黑兹尔不忍心自己拖累埃迪,她蜷起身子不住地叫道:"赶快自己走吧,你得先救你自己!""快走!"埃迪听见温尼克喊道,"火一定就在我们身后。"

"奶奶,我们会活下来的。"埃迪和温尼克俯身拉起黑兹尔。他知道他们不可以重新再来一次,只有走下去。他们抬起黑兹尔猛冲下去……埃迪已经筋疲力尽,他感到自己的手简直快要痉挛了。

就在他们拼命向高速路奔走的同时,大火夹着浓烟也在快速向他们扑来……

逃 出 火 海

埃迪的运动鞋突然触到了一块坚硬的土地,接着他就听见温尼克大叫:"我们得救了。"

两名消防队员向他们跑来,救护人员也来了,他们给黑兹尔戴上了呼吸器。而埃迪此时也感到了头晕恶心。

"你们从哪里来,孩子?"一个人问他。

"那儿。"埃迪无力地指了指那片火光冲天的山顶。那人惊讶地打量了他一番说:"天哪!你们是从地狱里跑出来的!"

晚上七点,培特独自坐在临时救济营地的折叠椅上,她至今还没有得到埃迪和婆婆的下落。"我的家人在哪儿?我丢了儿子,还丢了我的婆婆。"她懊悔地想。天黑了,培特在哭泣中入睡了。大约过了两个小时,有人走进帐篷叫醒她,叫她接电话。"妈妈。"在电话那头,她听到的是埃迪的声音。

"埃迪!"她高兴地笑了起来,"你还活着!你奶奶呢?"

"她很好,只是被茅草划伤了几道口子,并吃了几口烟。她和我在一起。"

培特含泪笑着说:"你救了她的命。"

埃迪笑了。现在他可以为自己的大学申请写上一篇不错的文章了。

有一种品质叫勇敢

赏析／迎　伟

当灾难从天而降,十七岁的埃迪选择了勇敢,面临冲天的火海,他不但自己没有放弃,还帮助年迈的奶奶死里逃生,这是多么难能可贵的勇敢品质啊!大火考验了埃迪,埃迪也在大火中得到了锤炼。埃迪的经历告诉我们:面对生活中的泥泞、坎坷,我们必须选择勇敢!

本文选用小标题来布局谋篇,给人耳目一新的感觉。

是一个年近百岁的老人对生活的勇气,鼓励了一直消沉的约翰律师。

曾奶奶的书

●译/蓝 欣

　　她九十九岁。这是个糟糕的年纪。我们这个加州山谷小镇的人都称她为"曾奶奶"。她像是一棵历经了狂风暴雨的老树,形容已枯槁,但依然坚毅地活着。

　　约翰·赖里五十多岁。他曾是这个小镇最优秀的律师之一,但那是他独子打猎意外丧生之前。在那之后,约翰对人生就意兴索然,他沉湎于杯中物,整日没精打采,业务也差不多没了。

　　曾奶奶八十多岁的时候,足不出户,她知道自己已染上了老年人怀念往昔的习惯。于是曾奶奶决定把自己一生的色彩都写下来。她每天写一点儿,草稿谁都不让看。家里人也开始对她那台破打字机的声音习以为常。曾奶奶几近耳聋眼瞎,但心中仍满是勇气。

　　曾奶奶九十九岁时,有一天她的曾孙女爱丽丝生病住院了,爱丽丝的两个小女儿被送到朋友家去住。她们是曾奶奶在世上惟有的三位亲人。但曾奶奶不肯离家去与任何人住在一起,她不愿成为别人的负担。

　　一天早晨,邻人发现她虚弱地站在他的车库旁。她问,可否搭他的车到市中心去。他拒绝了她。当然不行!她已有十五年都不曾去过大街,这一趟劳累她哪儿吃得消?"我还没那么老,"她气愤地说,"如果你不肯带,我就走着去!"

　　他只好开车把她送到约翰·赖里的事务所。屋里破旧,人更是潦倒不堪,但曾奶奶的眼睛是看不见的。她带着自己昔日特有的热情对他微笑着,"约翰,我不多耽误你的时间,我知道有许多当事人还在等着。我只托你办一件事。"约翰惭愧得发不出声来。他有多久没有当事人上门了——一个月?两个月?

曾奶奶在购物袋里摸索了一阵,掏出厚厚的一沓纸。"我写了一部书,约翰。你想会有什么人高兴出版吗?"约翰从她颤抖的手中接过稿子,他翻阅那部原稿,许多过往风云人物的名字特别显眼,最后他抬起头来,"稿子很好,曾奶奶。"他发现她听不到他所说的话,于是又对着她的耳朵大声喊道:"这部稿子好极了。我们想想办法看。"

约翰开车把她送回了家。十天之后,他高兴地报告她说,有位出版商已把那部稿子读了数章,认为写得十分精彩,所以先付了一百元做定金,以后还有预支款要送来。那一天是曾奶奶非常得意的日子。她马上把两个小女孩接回家,又雇了一个保姆。

约翰每月给曾奶奶送来一百元,还有出版商的来信,报告她那本书的出版进展,曾奶奶的成功也使约翰振作起来。他又怀着从前的那种热情投身于自己的工作,镇里的人又逐渐纷纷托他办案了。

又过了些时候,爱丽丝从医院回家休养。这时已百岁高龄而且双眼全盲的曾奶奶就靠着出版商每月预付的一百元养她的一家四口。全城都把这件事传为美谈。

曾奶奶百岁生日后的第三个月,一天早晨她没有起床。医生告诉她,她的生命只能再延续几天。她已准备好离开这世界,但是她要看到那部书出版才能瞑目。"你一定看得到!"约翰向她保证,他告诉她,出版社正在赶印那部书。

曾奶奶全凭着意志维系着她那游丝般的残生。在约翰把那部印好的书给她送来的那一天,她的神志已经十分不清醒了。那是一部很大很厚的书,封面上的书名和她的名字都是凹字烫金的。她虽然看不见那部书,却可以用手摸,她骄傲地用手指摸着自己的名字,热泪盈眶。"我到底不是个累赘。"她低声说,然后她逐渐进入昏迷状态,两个小时后她静静地去了,手中握着那部宝贵的书。

片刻之后，爱丽丝翻起了那本书，不禁惊愕地抬起头来，望着约翰："怎么，这本书每页都是白纸？"她大喊。"我希望你能原谅我。"约翰说，"根本就没有什么书。曾奶奶的眼睛看不见，打字机在行末发出的铃声也听不见。她总是一个劲地打下去，每行的末尾都是许多重叠的墨迹，整句整段漏了，她也不知道。我不能告诉她，我不能打碎她惟一的希望。"

"可是那位书商呢？"爱丽丝不解，"他每月付钱给她呀！"约翰的脸泛起一阵红晕。爱丽丝明白了，为什么约翰在律师事务所业务繁忙以后，还总是穿着一身破旧的衣服。

无字的书与满载的爱

赏析／杨　丹

九十九岁的曾奶奶最后的愿望是能看到自己写的书出版，但她永远都不会知道，由于她的眼睛看不见，耳朵也几乎听不到声音，写出来的文稿都是支离破碎的。可曾奶奶还是每月可以收到一百元的稿费，并用它照顾生病住院的曾孙女爱丽丝的两个孩子。是一个年近百岁的老人对生活的勇气，鼓励了一直消沉的约翰律师。他默默帮助曾奶奶实现了愿望，也让自己变得振作起来。

永远都不要对生活说放弃，在你最艰难的日子里，相信总会有人伸出一双手来。

兄弟俩现在心里真懊悔：不该惹奶奶生气、伤心的，不该只顾贪玩，不帮奶奶多干些活儿。懊悔又有什么用呢？

守　夜

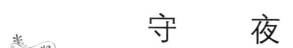

● 文/曹文轩

奶奶是老的到时候了，还是劳累过度？一口气没喘上来，手往床边一垂，丢下大鸭和小鸭两个孙儿，死了。

村里的大人们都这么说："鸭他奶奶走了。"

其实，奶奶还没走呢，她躺在两张板凳搁起的一扇门板上。她穿着几个老奶奶帮她换上的新衣、新袜、新鞋，把头静静地枕在一只新做的、软软的枕头上。

大鸭和小鸭已哭得不能再哭了，只是紧紧地挨在一起，呆呆地站着，远远地望着奶奶。

他们的脸上，各自挂着两道盈盈的泪水。

天已很晚了，忙累了的大人们，将要回家去，在一旁议论：

"也没有个亲人为她守夜。"

"有大鸭和小鸭。"

"别累着两个孩子。再说，孩子胆小，还不一定敢呢。"

"可怜，她就只能自己一个人呆着了……"村东头的三奶奶说着，撩起衣角，拭了拭泪。

大鸭和小鸭，慢慢走向奶奶，然后一声不吭地坐到了挨着奶奶的椅子上。他们是奶奶的孙子，当然要给奶奶守夜。

屋里的人，都默默地望着他们。

"别怕，是自己的奶奶。"村里头年纪最大的胡子爷爷，拍拍大鸭和小鸭的头,叮咛了几句,眨了眨倒了睫毛的眼睛,拄着拐棍,跌跌撞撞地走了。其他人,也跟着他,慢慢走出屋子。

大鸭和小鸭并不明白,为什么人死了要有亲人守夜。他们只知道自己应当和奶奶呆在一起,绝不能让奶奶孤单单地一个人躺在茅屋里。奶奶不能没有他们两个孙儿,他们也不能没有奶奶。

奶奶真福气,有两个孙儿守着她。

两支蜡烛在烛台上跳着金红色的火苗。奶奶的头发闪着亮光,脸上也好像闪动着光彩,像是因为有两个孙儿给她守夜,而感到心满意足。

可是,她那对没有完全舒展开的眉毛,又好像在责怪自己:我走得太急了,该把两个孙儿再往前领一段路啊!

大鸭十二岁,小鸭才八岁。他们没有爸爸(爸爸生病死了),也没有妈妈(妈妈改嫁到很远的地方后就再也没有回来过)。奶奶不能走,奶奶不放心两个孙儿,可她还是走了,由不得她。

蜡烛一滴一滴地淌着烛泪。

小鸭伏在大鸭哥哥的肩上。兄弟俩一动不动地坐着,望着奶奶的脸。他们不困,也不知道困。奶奶活着的时候,他们总是很困,捏着钢笔写字,写着写着就瞌睡了。奶奶一边说"瞌睡金,瞌睡银,瞌睡来了不留情;瞌睡神,瞌睡神,瞌睡来了不由人……"一边把他们拉到铺边去。他们迷迷糊糊地爬到小铺上。奶奶给他们脱掉鞋子、衣服,给他们盖上被子,嘴里还不停地念叨着:"瞌睡金,瞌睡银……"

以后,他们夜里困了,还有谁再抓着他们的胳膊,把他们拉到铺边去呢?

小鸭和大鸭没有哭,可是心里在哭。

夜深了,四周静得像潭水。远处田野上,有一只野鸡"咽咽咽"地叫起来,叫了一阵,觉得叫的不是时候,小声叫了两下,困了,不叫了。起风了,屋后池塘边的芦苇发出沙沙声。有鱼跳水,发出"咚"的水响。风从窗户吹进屋里,烛光跳起来,摇起来。

小鸭突然害怕了,双手紧紧抱着大鸭的胳膊。大鸭到底是哥哥,没有小鸭那样怕。他把小鸭拉到怀里,互相依偎着。当大鸭突然想到奶奶确实已经死了时,也不由得害怕了。

奶奶在世的时候,教给他们很多很多歌谣。夏天在河边乘凉,奶奶一边用芭蕉扇给他们赶蚊子、扇风,一边唱。冬天天冷,他们一吃完晚饭就钻被窝。墙壁上挂盏小油灯。他们睡不着,钻在奶奶的胳肢窝里。奶奶一边用躯体温暖着他们两个宝贝儿,一边唱。他们很多时候,是在奶奶的歌谣所带给他们的欢乐中度过的。

奶奶走了,留给他们多少有趣的歌谣!

大鸭搂着哆嗦的小鸭,声音轻轻地说:"石榴树,结樱桃,杨柳树,结辣椒,吹的鼓,打的号,抬的大车拉的轿,木头沉了底,石头水上漂,小鸡叼老鹰,老鼠捉了大咪猫。"

小鸭望了哥哥一眼:"金轱辘棒,金轱辘棒;爷爷打板奶奶唱,一唱唱到大天亮,养活了孩子没处放,一放放到锅台上,吱儿吱儿喝米汤。"

兄弟俩交替着唱,唱着唱着,两人抱在一起睡着了。

蜡烛快点完了,火苗儿小得像豆粒儿。

春天夜里,挺凉的,大鸭醒了,连忙推了推小鸭:"坐好。"

小鸭用手背揉着眼睛,嘴里含混不清地叫奶奶。

大鸭遵照胡子爷爷的嘱咐,点上两支新蜡烛,插到烛台上。

离天亮越来越近,跟奶奶在一起的时间越来越短。太阳出来时,村里的人,就要送奶奶走了。

兄弟俩再也睡不着,依然偎依着坐着,静静地望着奶奶满是皱纹的脸……

奶奶真苦,自己那么大年纪了,还要拉扯他们两个孙儿。奶奶喜欢他们,疼他们。为了他们,奶奶什么苦都能吃。门前有一块菜园,奶奶从早到晚侍弄它,长瓜种菜。夏天热得晒死人,奶奶头上顶块湿毛巾,坐在小凳上拔豆草,汗珠扑簌扑簌往下滚。大南瓜,紫茄子,水灵灵的白萝卜,灯笼儿似的青椒,一串串扁豆荚像鞭炮,丝瓜足有两尺长。奶奶拄着拐棍,搬动着小脚,把它们一篮一篮捎到小镇上。卖了,把钱一分一分地朝怀中的小口袋里攒，给大鸭和小鸭买衣服，买书包、铅笔。奶奶不能委屈了大鸭和小鸭。

奶奶心里就只有这两个孙儿。

冬天下大雪。路上滑，奶奶怕上学的大鸭和小鸭摔跟头，拄着拐棍儿，朝学校摸，一路上跌倒好几次。摸到学校，她就站在屋檐下，等呀，等呀。大鸭和小鸭放学见到奶奶，她头上、身上已落了一层雪。他们一人拉着奶奶一只手往家走。小兄弟俩眼泪儿在眼眶里直打转……

夜越来越静悄，除了风哨声，没有一丝声响。

大鸭望着小鸭，用眼睛问他：弟弟，在想什么？

小鸭鼻头一酸，滚下两串泪珠儿。大鸭搂着弟弟，泪珠儿一滴一滴地落在他的头发上。

风"呜呜"地响，屋后湖塘里的水，撞着岸边，发出"豁啷啷"的声音。

不哭吧，哭声也留不住奶奶。

天很凉。他们守着死去的奶奶，再也没有一丝害怕。大鸭从床上抱来一床薄被，轻轻盖到奶奶身上。兄弟俩一起用温暖的小手，抓着奶奶那只早已变凉了的粗糙的大手。

还能为奶奶做些什么呢？

奶奶活着的时候，他们帮奶奶做的事实在太少太少，还淘气得没边儿，尽让奶奶操心。夏天，村里的孩子们，都光屁股到村前的小河里洗澡，乱扑腾，满河溅着水花。兄弟俩禁不住诱惑，忘记了奶奶的告诫，小裤衩儿一扒，下河了。奶奶知道了，连忙赶到河边。他们见了，赶忙爬上岸，穿上裤衩。奶奶挥起拐棍，在他们屁股上结结实实地各打了三下。奶奶怕他们淹死。打完了，奶奶哭了，一边揉着他们的屁股，一边说"揉呀揉，不长瘤"，又一边落泪。

兄弟俩现在心里真懊悔：不该惹奶奶生气、伤心的，不该只顾贪玩，不帮奶奶多干些活儿。懊悔又有什么用呢？天一亮，奶奶就走了，永远地走了。

　　大鸭突然想起,去年村西头五奶奶死后躺在门板上,到晚,儿孙们跟着一个从外村请来的会唱歌的老头,绕着五奶奶转。还有人敲着小鼓和铜钵儿。那老头闭着眼睛哼唱着,声音忽高忽低。他手里托着一个盘子,盘子里是些五颜六色的碎纸片儿。他不时地抓一把抛到空中,然后纷纷落到五奶奶身上。大鸭和小鸭问奶奶这是做什么。奶奶告诉他们,在给五奶奶送行呢,她要到一个好地方去,那里长着很多花,五奶奶累了,去享福了。

　　大鸭和小鸭也要给奶奶举行一次送别。

　　兄弟俩找到几张五颜六色的纸,用剪子剪成一盘碎纸片。大鸭从抽屉里找出兄弟俩都爱听的芦笛。那是大鸭做的,大拇指儿粗,一尺长,上面有小眼儿,一头装着一个跟按在唢呐上差不多的哨儿。大鸭把芦笛交给小鸭:

　　"吹吧。"

　　"奶奶能听见吗?"

　　"能。"大鸭点点头,托着盘子,绕着奶奶走起来。

　　小鸭竖吹着芦笛。笛声低低的,哀哀的,像在跟奶奶说话呢。

　　大鸭唱着。唱的什么,他一点儿也不明白,只是这么唱着,把花纸片儿抛到空中。纸片儿飘忽着,轻轻地落在奶奶身上。

　　眼泪从他们的眼角流到嘴角。

　　凄婉的芦笛声,在春天的夜空中慢慢地传开去,全村人都醒了。

　　想到是把奶奶送到一个好地方,两个孩子心里又陡然快乐起来。小鸭站起来,用劲吹着芦笛,音调变化仍然很少,却很欢快了。大鸭也稍稍把歌声放大,把花纸片儿抛得更高。

　　奶奶为了拉扯他们,太累了,该享福了。

　　天上,嵌满亮晶晶的星星,月亮很亮,像只擦洗过的大银盘。远处林子里,鸟儿已开始扇动翅膀,张着嘴巴,准备着迎接黎明。挂着露珠儿的桃花和麦苗儿,散发着好闻的清香。

　　奶奶身上落满了花纸,不,是花瓣儿。

　　兄弟俩没劲儿了,歌声低了,芦笛声弱了。到后来,不吹也不唱

把爱传下去

感动系列

了,又互相偎依在一起。兄弟俩心里并不全都是悲伤。

他们静静地睡着了。奶奶也好像是睡着了。蜡烛流完最后一滴烛泪,火苗儿跳动了一下,无声无息地熄灭了……

唱起奶奶教的歌谣

赏析／杨　丹

"石榴树,结樱桃,杨柳树,结辣椒……"当大鸭搂着小鸭,唱起奶奶教的歌谣时,奶奶已经走了。那个和他们相依为命的奶奶,用她甜美的歌谣和粗糙的大手,给了兄弟俩幸福的童年。想起从前只会贪玩、淘气,惹奶奶生气,帮奶奶做的事情太少太少,兄弟俩希望奶奶从此能歇歇了,去享受一下幸福的感觉。

长辈给予我们的爱,很多时候都被忽略了,我们理所应当地接受了,却不知道好好的珍惜,只有失去的时候才会懂得爱的珍贵。

给我亲爱的

把爱传下去

爷爷

爷爷种的菊花,开了,开了
开的比往年多,开的比往年大
一定是爷爷回来啦
我们看菊花,菊花也看我们
菊花……爷爷……爷爷……菊花……
奶奶,你看,你看
菊花,点头了
爷爷对我们微笑

在那生活贫困的日子里，一个"廉价"的铅笔盒却表达了爷爷对"我"无价的爱。

铅 笔 盒

● 文/刘建波

小学二年级时，我看上了供销社里的一只铅笔盒，就是白铁皮做的那种，刷上了黄黄的漆，画着孙悟空大闹天宫的图画。我回家闹着要妈妈买，妈妈去看了看，这种盒要八角钱，她摇摇头下地去了。

我坐在门槛上哭，一把把的泪水。正伤心着，爷爷走出来，拎着把镢头。他的腿在战争年代受过伤，走起路来一瘸一拐的。他径直来到屋后一块草皮上，深深喘了一口气，就动手刨起这块草皮。

"澍澍快来帮我。"他喊我的小名。我抹着泪水过去，问："爷爷你要干啥？"

"快来刨，这里面有铅笔盒哩。"

原来爷爷全知道了我的心思。我奇怪地问："爷爷，这里面怎么会有铅笔盒？"爷爷说："你帮我刨出这块地来，铅笔盒就有了。"

我就帮他刨地，扒去草皮，把土翻到二尺来深，捡净里面大大小小的石头，一块方不方，圆不圆的地就出来了。我们一老一小直干到天黑。

第二天，爷爷挂着棍，别把镰刀上山了。大半天工夫，他蹒跚着回来了，肩上挑着一叉山棘。"插在地边，挡挡鸡鸭。"他笑着说。我看他腿上有块血迹，忙问："爷爷，你摔着了？"爷爷说："下坎时，不小心摔了跟头。""疼吗？"我问。他说："老骨头老肉，不知道疼哩。"

爷爷动手，我帮忙，把棘子插在那块地的边上。爷爷进屋，拿出一把蒜苗种上。

"爷爷你种蒜干啥？"我问。

"老啦，该活动活动筋骨了。"

我从此天天和爷爷一道，给蒜浇水、施肥，很快，蒜苗就窜到尺来高了，绿油油的好喜人。爷爷看着只是笑，我渐渐把铅笔盒的事忘了。

蒜抽苔不久，一日放学回家，爷爷正在刨蒜。我心疼地问："爷爷，蒜还小哩，你怎么把它刨啦？"

爷爷说："旧蒜快没了，新蒜还未下来，这时刨能卖个好价钱。"

"你刨蒜做啥？"我问。

"傻澍澍，给你买铅笔盒呀！"

我恍然大悟。为了一只铅笔盒，爷爷竟劳作了几个月。我一时语噎了。

爷爷说："明天我们一块去卖蒜吧，这蒜有二三十斤呢，少说也卖个块把钱，够你买只铅笔盒了。"

第二天，我和爷爷一起去十里外的大王村集上去卖蒜。爷爷腿不好，走得慢，十里山路走了大半晌。卖到日落，却无人问津——山里没人缺这个。

我和爷爷摸黑回了家。爷爷看上去很疲惫很难过。

"要去城里卖就好了。"他喃喃道。我知道城离这四五十里，一个来回百十里，爷爷年纪大，腿又不好，怎么去？我说："爷爷，不去了，我不要铅笔盒了。"

"我年轻时常去卖柴，一天一个来回，现在不中用了。"爷爷望着远方叹息。

后来几天里，爷爷突然失踪了。亲戚朋友家找了个遍，也不见踪影，全家人正惶惶间，爷爷笑眯眯地回来了，人几乎瘫了，手里攥着一块二毛钱。

"看得出来，"他说，"城里是女人说了算，女人叫买，男人才敢掏钱。"

那一把零钱乱七八糟地放在眼前，他使劲地搓腿，秃了的拐杖倒在一边。我的泪水哗地涌了出来。

"别哭,澍澍,明天爷爷领你买铅笔盒去。"爷爷还是笑眯眯地。

我把脸扭到一边去。

那一夜我守着爷爷睡。第二天起得早,却闻见一股肉香味儿。已有半年多没闻见这香味儿了。妈妈走过来,笑嘻嘻地对我爷爷说:"村东刘皮家宰猪,我买了斤肉,全家见个荤儿。"

爷爷忙去席底下摸那一块二毛钱,已不见了。我看见爷爷的胡子翘起来,瞪大了眼,浑浊的老泪滚出来。

我从此不用铅笔盒。爷爷去世了,我去买了一只铅笔盒,埋在爷爷的坟头。

现在这种铅笔盒反而便宜了,才五角钱一只。当然,我指的是最简易的那种,白铁皮做的。

爱从不"廉价"

赏析／秋 娟

在那生活贫困的日子里,一个"廉价"的铅笔盒却表达了爷爷对"我"无价的爱。老人宁愿"忍饥挨饿",也要满足孩子对学习的渴求。爷爷年纪大了,但他依然每天辛勤劳动,就是为了给孙子撑起一小块儿梦想的天空——这些看似矛盾的对比,使得平凡的爷爷显得无比光辉、高大!

作者精心刻画了爷爷的形象,文笔细腻,感情真挚,选取的事例很有独特性和典型性,并深刻体现了小读者对爷爷的感激和爱戴之情,让人感动。

他在创造物质财富的同时,也创造了精神财富:责任、毅力、坚强……

"金砖"的秘密

● 文/姜锋青

　　石诚高考落榜的那年,父母离异了,他憎恨爸爸妈妈都是"冷血动物",跑回大山里跟爷爷一起过日子。真是船破又遇顶头风,爷爷的小山村在一次山洪暴发中被冲走了半片村子。白发苍苍的老人在山洪中只抢了一个用包袱包着的"砖头"出来,竟然毫无哀伤之色。

　　石诚面对一片废墟伤心地流泪,他灰心极了,今后的日子该怎么过?爷爷却抱着那块"砖头"说,去把那些没冲走的东西扒出来吧,孩子,那里有斧子、柴刀、镢头、犁铧呢。石诚没好气地说:"要那些破家什有啥用?"爷爷反问:"你要什么东西?"石诚一气,冲口而出:"我要前途!要财富!要尊严!要幸福!"

爷爷哈哈一笑，指着怀中的"砖头"说："孩子，你着什么急，你要的这些，我这里都有！"

石诚惊愕地睁大眼睛："你骗人？"

爷爷正色道："我教了一辈子书，从没对谁说过谎话，我为什么要骗自己的孙子？"

石诚低下了头，眼角却在窥视那块"砖头"，他判断那可能是一块价值连城的金砖吧。

爷爷说："如果我欺骗了你，你可以不认我这个爷爷，不过，你要想得到它，必须先拿四种东西跟爷爷交换！"

"我有吗？"石诚惶惑地问。

"你应该有！"爷爷伸出四根指头说，"一是勤劳，二是智慧，三是忠诚，四是友善。你能说你没有？"

石诚深深地吸了一口气，坚定地说："有！"

接下来，爷爷让石诚从废墟中扒出镢头同村民们一起开荒自救，扒出斧子同大伙一起重建家园，用铁锤、凿子辟开一条出山的路，用架子车把满山的药材运向市场……

当然，这需要付出十倍百倍的血汗与辛劳，石诚累得骨瘦如柴，小腿肚上青筋隆起。他被村民们推选为村长，村民的期望、肩头的责任使他忘记生活的艰辛和劳累，也忘记了爷爷怀中的那块"金砖"。五年后，他们的药材不再出山了，他从城里请来了技术人员，在乡政府的支持下同市里的医院联合办起了制药厂……村里的楼房建起来了，自来水厂也开始供水了，VCD、DVD在每家每户唱起来了，再往后，石诚当上了制药厂的董事长，每天忙得脚不沾地。

那天，八十一岁的爷爷中饭后笑眯眯地去睡午觉，竟悄悄地长辞人世了。石诚哭成了泪人，办完丧事后，他在清点爷爷的遗物时，无意中发现了爷爷枕下的那块"砖头"，他小心翼翼地打开包袱，万没想到是一部六十年代初期出版的四角号码词典，词典中夹着爷爷写的一张纸条："孙儿，'前途'在8022页，'财富'在7480页，'尊严'在8034页，'幸福'在4040页，孩子，爷爷全都给你了……"

爷爷传下来的"金砖"

赏析／秋　娟

　　石诚曾是一个不幸的青年,父母离异,家园破败,他感到生活失去了希望。就在他心灰意冷之际,爷爷用一块"金砖"撑起他的精神支柱,激励他开始新的人生。在那些日子里,石诚过得辛苦而忙碌,他甚至淡忘了爷爷的"金砖"。而事实上,他在创造物质财富的同时,也创造了精神财富:责任、毅力、坚强……

　　本文语言流畅,过渡自然,读罢让人感慨万分。结尾处,爷爷在笑眯眯的睡梦中与世长辞,而石诚"哭成了泪人",对比巧妙——孙子因失去爷爷而哭,而爷爷因孙子得到了无价的精神财富而满足。

为了呵护孙子幼小的心灵，胡老翁装作不知情地摇摇头，展现出一个智者的姿态。

一只精美的月饼盒子

● 文/吴　迪

胡老翁，六十多岁，清癯的脸颊上显出了两个浅浅的菱形笑靥。退休在家，月工资一百多元。他有艺术癖，爱好搜集花、鸟、鱼、虫、人像图案。

星期日。饭后。上三年级的孙子——小精灵，拉着爷爷的手："爷爷！出去玩吧？"胡老翁笑着看看孙子。"好！咱们去外面散散心去，解除一下你一周来学习紧张的情绪。"

小精灵拉着爷爷，一蹦一跳地走了出去，散心，蹓跶，玩耍。

当途经某县政府机关家属宿舍楼后，见垃圾堆上躺着几个破糕点盒儿。胡老翁遂生爱好之奇，就站住脚仔细观察。

"看啥的！爷爷！快走呀，垃圾臭嘛！"小精灵娇嗔地拉着胡老翁的衣袖，小嘴直嚷嚷：

"别慌，别忙！"胡老翁被一个精美特殊的月饼盒子吸引住了。胡老翁不顾脏臭，蹲身把盒子捡了出来，一看，月饼已生霉毛。自言自语道："有保存价值，太有价值了。"他随即将月饼一一扔掉，取其图案。待他把盒子拆开后，嗬！竟发现了一个红纸包！红纸包用大头针别在盒子底层上。打开一看，哎呀！整整十张百元人民币。

孙子小精灵看在眼里，高兴地大叫："爷爷发财了，捡到钱喽！爷爷眼力真好，盒子里有钱你是怎么看到的？"

"爷爷只是喜爱这个盒子，没想到里面有钱呀！拾到钱是要交公的,这叫拾金不昧,你懂吗?"胡老翁对小精灵认真地说。

"这个我懂!上次我拾到了支金星钢笔,就马上交给了老师嘛!"天真的小精灵告诉爷爷。

"这样做是好孩子!这才是我的好孙子呢!"胡老翁抚摸着小精灵的头夸奖着。

于是,胡老翁沿楼打问失主,楼上楼下的东邻西舍问个遍。"你家丢钱了吗?"回答:"没有。"

他又另敲一家的门:"你们家丢钱了吗?"回答又是那样使人憋气:"丢钱了我们还能不知道?多管闲事!"青年人"砰"的一声把门闭上,最终还是无人认领。

胡老翁拿着人民币只是叹气:"哎!竟有这种事儿……"他已悟出这些钱原是用月饼掩盖着的一份"厚礼",未被受礼人发现。

在去派出所的路上,小精灵又疑惑不解地问:"爷爷,糕点里面都要放钱吗?这是什么意思呢?"

老翁看看小精灵,心中想到:不能把这种事儿告诉他,否则,会玷污他幼小纯洁的心灵。他还能给他说什么呢?老翁只是摇摇头。

瞬间,一切都仿佛凝固了,静止了,像定了格的相片……

金钱与纯洁的童心

赏析/秋 娟

从作者对胡老翁的刻画中,一个精神爽朗、享受生活的小老头儿形象栩栩如生地站在我们面前。可以看出,胡老翁并不富裕,他和家人过着普通、祥和的生活。他性情质朴,不贪小便宜,因此,当孙子发现糕点里的金钱,并显得非常欣喜时,他和蔼地教育孙子要拾金不昧,并不辞辛苦地寻找失主,这种以身作则的行为给孙子树立了一个好榜样。同时,为了呵护孙子幼小的心灵,胡老翁装作不知情地摇摇头,展现出一个智者的姿态。

在我们为"爷爷"的行为拍手叫好时,一定也在想,该为那些渴望知识的孩子送去一些帮助,尽自己一份力量!

爷　爷

●文/金　勇

小叔中考那会儿,爷爷还活着,活得很乐观,但是很穷。

爷爷共有六个儿子。依我们这儿的说法,爷爷是有福之人,虽然很穷。

那时候,我已经依稀记得些事了。我记得爷爷有一天扳着指头跟父亲算账,算了很久。最后爷爷说,算了吧,不让小六子考了,跟你姑爷学瓦工去,多少挣些钱。爷爷说这话的时候,目光中流露出无奈的神色。

爷爷是个很喜欢读书的人,曾经还做过几天教书先生。他的学生里头,年龄最小的,我见了面也要喊爷爷的。爷爷还写一手极漂亮的毛笔字,我因此早早地接触了毛笔,后来居然写得颇像回事儿,尤胜爷爷当年。这是后话。

身为长子的父亲听了爷爷的话,抬起头,用很迷蒙的眼睛看着爷爷,看得爷爷不安起来。父亲说,不行,说啥也要去考,考上了,就出头了。小六子能考上的!

爷爷便咧嘴笑了,而且点了一锅旱烟,吧嗒吧嗒吸得挺欢。

于是,第二天,爷爷牵走了家中仅有的一头牛。我记得爷爷回来的时候,脸面上红红的,极兴奋的样子。

后来,四婶来了,向爷爷讨要属于她的那份卖牛的钱。四婶说,老大家那份不要,是他的事儿,我的那份得给我。

爷爷的脸蓦地由红变作白。爷爷说,你大哥说了,这一千多块钱留着给小六子上学用,谁也别想拿走一分!

四婶于是扯爷爷的衣服,掏爷爷的怀。爷爷的脸顿时由白而紫。爷爷跳了起来,歇斯底里地吼,这是干啥?给我滚!

许是多读了几年古书吧,爷爷一向是个中庸之人。但在这件事上,爷爷固执得像一座山。爷爷说,有本事就杀了我,我死了,还有老大给我顶着!

第二天,便是小叔中考的日子。早上,爷爷喊小叔起床,吃饭,然后去考场。可小叔不起来。小叔说,不考了,说啥也不考了!小叔呜呜咽咽地哭。

父亲来了,用粗糙的大手轻轻拍了拍趴在床上的小叔的屁股,说,去考吧,一定能考上的。昨夜你大嫂做了好梦,梦见一架直升飞机远远地飞来,直直地落在咱屋上了!

小叔终于抵不住父亲的劝,噙着泪走了。

一个月以后,小叔接到了南京一所中专学校的录取通知书。

然而时隔不久,爷爷便死了。这时我们才知道,其实爷爷早已身染重病,只是为了小叔的考试,硬将自己的病情隐瞒了下来。

不过我们宁愿相信,爷爷是乐死的。

于是,在我的记忆里,爷爷死前冲小叔挣扎出的笑,是他生命中最辉煌的一笔!

走 出 贫 穷

赏析/迎　伟

知识让人类由蛮荒走向文明,由愚昧走向聪慧,知识能改变贫穷落后,而贫穷落后往往让人失去获得知识的机会,在这一点上,"小叔"是幸运的,贫穷的"爷爷"用自己的生命捍卫了"小叔"受教育的权利。在我们为"爷爷"的行为拍手叫好时,一定也在想,该为那些渴望知识的孩子送去一些帮助,尽自己一份力量!

虽然考普和萨拉不认识，但作为"爷爷"，他深刻体会萨拉的心情，并悉心呵护。

来自"天堂"的回信

●文/[美]鲍勃·格林 王凝梅 译

伯尼·迈耶斯身患癌症，他十岁的孙女萨拉·迈耶斯对于他的死感到十分突然，说她还没来得及向爷爷说句告别的话呢。有好几个礼拜，萨拉对此都很少流露自己的感情，可是有一天，她参加完朋友的生日聚会，手里拿着一只鲜红的氢气球回来了。

母亲回忆道："她默默地回到自己屋里，出来时又拿着那个气球，还有一只信封，上面写着'天堂 伯尼爷爷收'。"

信封里装着萨拉写给祖父的信，她说她爱他，希望他能够听到她所说的话。她又在信封上面写上回信地址——伊利诺斯州威尔梅蒂，然后就把它系在气球上放了。

母亲还记得："那气球看上去那么容易破，我以为它连三棵树都飞不过去，可它竟飞走了。"

两个月过去了。一天，邮差送来一封来自宾夕法尼亚州约克的信：

亲爱的萨拉及你的家人和朋友：

你给伯尼·迈耶斯爷爷的信看来已经到过目的地，他读到了。我知道，天堂那儿不能接收有形的东西，所以它又飘回到地上了。他们只把思想、记忆、爱心等等留下了。萨拉，不管什么时候你想起了爷爷，他都会知道，并满怀慈爱地来到你的身边。

　　诚挚地问候

　　　　　　　　　　　　　唐·考普(也是一个爷爷)

　　考普是一位六十三岁的退休职员。他在离威尔梅蒂将近六百英里的宾州东北部的一次狩猎中发现了这封信和几乎瘪掉的气球。气球落到了一片乌饭树上,在此之前,它至少飘过了三个州和北美五大湖中的一个湖。

　　"尽管考虑怎么说花了我好几天时间,"考普说,"可给萨拉回信对我来说却十分重要。"

　　萨拉说:"我就想收到爷爷的回信。现在看来,我已经收到了。"

不同的爷爷,同样的爱

赏析／秋　娟

　　这是一个简短的故事,却读罢让人久久地感动。我们不能从文中了解小萨拉的爷爷是怎样一个人,但他的逝世给萨拉带来的悲伤,和萨拉对他的深切怀念,使我们不难想像,那一定是个慈爱的老人。

　　萨拉把对爷爷的思念寄望天堂,而一个陌生的老人——考普,得到了这封信。虽然考普和萨拉不认识,但作为"爷爷",他深刻体会萨拉的心情,并悉心呵护。爱之所以伟大,就在于它是所有人心中共识的、最美好的东西。

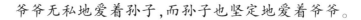

爷爷无私地爱着孙子,而孙子也坚定地爱着爷爷。

沉睡的大拇指

●文/[美]威尔逊

爷爷去世时,大拇指依然藏在掌心里。这就是说,爷爷右手的大拇指已整整蜷曲了十六年。开始的前五年,它是刻意蜷曲的,在余下的十一年里,它却无法恢复原先的模样。

从盖尔出生的那天起,他的爸爸妈妈就开始为他担心了,因为盖尔左手的尾指旁边长了根小小的第六指。

转眼间,盖尔已经三岁,父母把他送进了幼儿园。可上幼儿园的第一天,他回家后便眼泪汪汪地问爸妈和爷爷:"为什么我比其他小朋友多了一根指头?迪克说我是怪物。"大家都沉默了。是啊,随着年龄的增长,盖尔的第六根指头也长大了许多,看上去有点儿碍眼。此时此刻,爷爷陷入了沉思,盖尔是那样的聪明可爱、乖巧伶俐,他的伤心和自卑令爷爷感到不安。突然,他的目光掠过钢琴架上的雕塑。那是一尊泥塑手雕,大拇指用力地压在掌心里。爷爷像发现珍宝似的,会心一笑,把盖尔抱放在自己的膝盖上。

"宝贝,你看爷爷右手的大拇指,它是个小懒虫,从你出生的那天起,它就开始睡觉了,到现在都不肯起来。"爷爷边说边伸出右手,把大拇指蜷在掌心,然后让掌心朝上,当两只手合在一起的时候,正好十个手指,不多也不少。

"我知道了,您的大拇指偷懒不听话,所以,我就替您长了一根手指,是这样的吧,爷爷?"天真的盖尔开心地笑了,充满了自豪。小小的他觉得,这第六根手指担负着重大的责任,它是来帮助爷爷的。

爷爷迅速把这件事告诉了家人和朋友,还请盖尔的老师在班上告诉其他小朋友,盖尔帮爷爷长了一根大拇指。小朋友们非但不再嘲笑盖尔了,还佩服盖尔小小年纪就能帮助大人。

自从和盖尔说过沉睡的大拇指的事后,只要见到盖尔,爷爷右手的大拇指就会条件反射地蜷进掌心。时间稍长一些,右手的大拇指就麻麻地疼,得用左手帮忙才能慢慢地舒展开。久而久之,爷爷习惯成自然,时刻把右手大拇指蜷起来,也习惯了用四根指头吃饭、做事。不熟悉的人还真以为爷爷的手原本就是那样的。而盖尔呢,自从听了爷爷的故事后,对第六指便特别关心爱护,冬天的时候,还特意涂上一层厚厚的防裂霜,他觉得这是爱爷爷的一种表现。

一次,当爸爸妈妈把盖尔带到医院说可以切除第六指,盖尔大声抗议:"这是我帮爷爷长的手指,怎么可以切除呢?除非爷爷的大拇指睡醒起来了。"可是,爷爷的大拇指五年来一直习惯蜷曲在掌心里,它已经变形萎缩,完全失去了最初的力度,重新扳直已不可能。这根弯曲的手指使盖尔度过了幸福快乐的童年,爷爷对此已经非常满足了。

当爷爷知道盖尔拒绝切除第六指的原因后,一股暖流涌上心头。他找来纱布,把大拇指裹住,然后告诉盖尔,他已经动了手术,手指马上就可以伸直了,盖尔的第六指已经完成了历史使命。盖尔听话地随父母去了医院,手术很成功,而爷爷的大拇指虽然用纱布缠了很久,但始终无法伸展。

爷爷去世后,父母将大拇指的真相告诉了盖尔。那一刻,盖尔受到了前所未有的震撼,因为沉睡的大拇指给了他完整的人生,还真真切切地告诉了他什么叫亲情。

为爱"自残"

赏析／秋　娟

这是一个听起来有点儿离奇的故事。一个无比慈祥的爷爷,为了保护孙子的自尊心,居然用"自残"的方式撒了一个美丽的谎言,在常人看来,这需要多么大的勇气和毅力啊。

最让人感动的是,爷爷无私地爱着孙子,而孙子也坚定地爱着爷爷,天真的小盖尔为了保护"爷爷的手指",大声抗议割去自己那看起来奇怪的"第六指"。这一老一少的祖孙情深真是催人泪下。

> 生命都是平等的、尊贵的,尤其是当叔爷爷决定为了拯救三个孩子,而牺牲自我时,他的生命就同所有伟人一样光明、高尚、值得敬仰!

所 谓 价 值

● 文/米粒儿

一九三一年八月四日《纽约时报》刊登的医疗公报称:"他就像在危险丛生的海峡中航行的一条小船,也许能安全通过,也许会触礁。"十月十三日,他生命的小船终于触礁沉没。

为了寄托哀思,美国总统胡佛下令,一切并非必不可少的电灯,都熄灭一分钟。在这一分钟里,美国仿佛回到了煤油灯和煤气灯时代,整个东海岸陷入一片黑暗。

他发明的电灯,照亮了人类前进的道路。

他就是伟大的发明家爱迪生。

纯粹是一种巧合。我的叔爷爷也死于一九三一年。叔爷爷打小就有小偷小摸的毛病。在当时民风淳朴的湘北山村,他是人们心目中的害群之马。整个家族都因他蒙受莫大的羞辱,族长盛怒之下,让人将他的右手齐腕剁掉,撵出了村子。

一九三一年的冬天,一股土匪窜入村子,绑走三个小孩,临走搁下话,用一百块光洋换这两个小家伙的命。全村上下百号人全吓傻了。砸锅卖铁凑足了钱,却没人敢去土匪窝赎人。那帮土匪穷凶极恶,杀人不眨眼,弄不好的话甭说救不出孩子,自己这条小命也会玩完。这当儿,我叔爷爷溜回来了,他愿意去救孩子,条件是家族必须接纳他。族长答应了。第二天晚上,那三个活蹦乱跳的小孩出现在人们的面前,叔爷爷却没有回来。土匪收光洋却不肯放人,逼叔爷爷和那三个孩子替他们干活,叔爷爷早有准备,趁给土匪烧菜时下了毒,为了避免引起怀疑,他当着土匪的面,每样菜都尝了一口……

这事无论在正史或野史中,都不可能有任何记载。因为这算不上什么惊天地泣鬼神的壮举,充其量在我的家族中引起过一点点震动。但因为他也死于爱迪生去世的一九三一年,这偶然的巧合,倒是令我感慨。叔爷爷没有半点资格跟爱迪生相提并论,一个如静夜匆匆掠过天边的流星,了无痕迹,另一位的名字则灿若恒星,从遥远的人类历史深处发出光亮,照耀、温暖着我们。

但我时常在脑中勾画叔爷爷的模样,怀念这位身份低贱的先辈。他在口碑极糟时挺身而出、深入匪巢赎人的初衷,仅仅是为了重新获得家族的谅解和接纳。但在我心目中,他的形象并不比爱迪生逊色多少,因为,帮助过一个人的人跟造福过整个人类的人同样伟大。

一个"小人物"的死

赏析／秋　娟

这是一篇让人读罢掩卷深思的文章。作者在文中进行了多次对比,叔爷爷和爱迪生在同一天去世,他们一个是伟大的发明家,一个是身份卑微的普通人;一个为人类作出了历史转折性的贡献,一个曾经"偷鸡摸狗、行为败坏";一个在举世瞩目中去世,一个在远山僻壤中默默丧命;一个受到了全世界人民的爱戴,一个顶多引起小乡村的震动……但生命都是平等的、尊贵的,尤其是当叔爷爷决定为了拯救三个孩子,而牺牲自我时,他的生命就同所有伟人一样光明、高尚、值得敬仰!

莎莎把那捆手套放在他的身旁。她有一种幻觉：爷爷走到哪儿，也还要用他那双手去干活的。

祖　父

● 文/曹文轩

一

天气很暖，手心里老是湿乎乎的，笔杆儿在手里直滑溜儿。可是，莎莎却整天戴着一副雪白的手套。

在莎莎一岁时候被爷爷抱到了乡下。

从此，田野上多了一个小姑娘。

奶奶死了，爷爷一个人过日子。

他是个石匠，干活的时候，总是用布兜兜把莎莎背在身后。莎莎倚着爷爷宽大的脊背，看着大山，看着小河，看着田野上空飘动着的变幻无常的云彩，一点一点地认识着这个世界。趴在爷爷宽大的脊背上，她在山鸟和云雀的鸣叫声中，做过很多后来怎么也想不起来的梦。等她长大了些，爷爷就把她放到了地上。她就用小手在地上到处爬，爬到篱笆下，揪朵牵牛花，爬到大树下，仰起脸来，听枝头喜鹊"喳喳"叫。有时，她的小手会被地上的瓦片划破，爷爷便会心疼地抱起她，用长满胡茬的嘴，轻轻地吮她手指上的血。要不，就把她抱到水边去，用清水把她的小手轻轻洗干净，用嘴朝着她受伤的小手，"噗噗噗"地吹着气："莎莎不怕疼呀，莎莎不怕疼呀……"

她很早就知道用自己的小手去帮爷爷干活。才五岁，就跟大孩子到河滩挖野菜。七岁开始捡柴，一双小手在路边、村子里到处抓、挠，像两只小筢子。乡下很穷，爷爷还要养活她，爷爷更穷。爷爷把好的留给她吃，自己一年到头蘸着盐水吃饭。莎莎小，可莎莎知道疼爷爷。她到池塘里摸螺蛳，摸了半盆子，然后剪掉它们的屁股，放在清水里养着，让它们吐尽泥，给爷爷煮上。很鲜，爷爷多吃了两碗饭。过了十岁，她把自己看成小大人，开始真正干活了：鼓着腮帮子，帮助爷爷搬动块小一点儿的石头。

莎莎的手，被风吹，被日晒，在雪地里泥巴里抓挠着，跟石头磨擦着，一双小手颜色黑红，掌心厚实，手指短粗，皮肤粗糙，冬天里，被尖利的寒风一吹，裂开一道道血口。可是，它是灵巧的，有力的。

爸爸到乡下来接她时，抓着她的小手翻来覆去地看，也不知是为这双小手高兴，还是为这双小手伤心，蹲下去，抓着她的手，一遍一遍地用他的大手摩挲着。

爷爷说："莎莎跟了我十年，孩子苦哇。"

爸爸望着莎莎的手："苦是苦点，可是莎莎能干了，有出息了。您看看她这双小手，看看她这双小手！"

可是现在，我们的莎莎却为她这双小手感到十二分的苦恼。

她转入这所学校，第一次捏着粉笔在黑板上演算一道算术题的时候，她的手就遭到了瑶瑶他们的嘲笑。开始，她以为下面的嬉笑声是因为自己把那道题算错了，连忙用手掌擦去，没想这一笨拙的动作，招来了更多的嬉笑声。

"瞧她的手……"下面唧唧喳喳。

莎莎的脸刷地红了,心"扑通扑通"地跳。她把脸紧紧挨近黑板,鼻尖差点儿没碰到上面。那双会干许多种活的手,现在变得很不听话,被汗水浸湿的粉笔,在她的手中一次又一次地被折断。

"你的手……怎么回事?"眼睛近视却又不肯戴眼镜的数学老师,眯着眼睛问。

莎莎不回答,手捏着粉笔,不由自主地在黑板上写着。她折断了好几支粉笔,总算把那道算术题做完了。后来,她不知道自己是怎么回到座位上的。

瑶瑶就坐在她右侧。

莎莎侧眼看去时,只见瑶瑶的手很优美地放在桌子上。那双手薄薄的,十根手指又细又长,又白又嫩,像爷爷家屋后春天池塘里的芦根。那天开联欢会,她就是用这双手,在小提琴上奏出了非常好听的曲子。当时,莎莎都听得入了迷,并且觉得瑶瑶的手很好看。

莎莎看了看自己的手,慢慢地将它们藏到了桌肚里。

后来,莎莎因为这双手,不止一次地遭到同学们的讥笑。当她举手要求回答老师的提问时,当几个女孩子要分成两伙比赛跳猴皮筋而伸出手去看着手心手背时,当……她多少次看到了一种让她面颊发烧的目光。

她常常不知道该把这双手往哪儿放。

这双手甚至使她伤心地哭起来——

那天,各班要进行集体舞比赛。赛前的练习中,每当莎莎与别人一起将手举到空中时,文体委员瑶瑶就总觉得这双手很显眼,也不知哪儿觉得有点儿别扭,不时地蹙起细淡的眉毛。等到比赛前,瑶瑶望着莎莎的一双手,终于对她说:"你……你就别参加了。"

莎莎低着头。呆呆地站了一阵,突然,将头一低跑了,一直跑回家,关起门来,抱着头大哭起来。哭得不想再哭了,她就傻傻地望着那双手。

她在大街上漫无目标地逛着,后来,她走进了一家商店,买了一副雪白的尼龙手套。当她将手套戴到手上时，她觉得脸火烧一般地烫——她突然想起爷爷……

二

爷爷是村里年纪最大、手艺最巧的石匠。他领着全村的石匠们，一年四季在山脚下，一手抓着钢凿，一手抡着铁锤，不停地凿着。爷爷十岁就开始凿石头，在他的手下，不知出过多少方石块，多少扇石磨，多少只石臼，多少个马槽。那坚硬的石头，在爷爷手里变得很温顺，爷爷想把它弄成啥样就啥样。方圆几十里，谁都知道爷爷那双手。

那双手并不好看。手背黑褐色，像岩石的颜色。手指又短又粗。手掌上的老茧，有硬币那么厚，由于常年搬石头、攥凿子与锤子，他的手指已经不能完全伸直了。

那几年，日子很不好过。爷爷想着全村人，也想着莎莎，领着石匠们没命地在山下凿石头。爷爷老了，手也老了，不再出汗，总是干燥。一到冬天，寒风一吹，就会裂开一道道血口。夜里，爷爷常被痛醒过来。他就爬起身，把松香烧化了，滴在口子上，好让口子弥合起来。白天干活，不小心，石片正好碰着血口时，就会疼得他满额头直冒冷汗。

莎莎大了，知道心疼爷爷，每天晚上，总要给爷爷端来一盆热水，让爷爷把那双手泡在热水里。

那天，爷爷在山下凿石头，她在一旁帮活。天寒地冻，爷爷用力过猛，把虎口震裂了，紫黑色的血一滴一滴地流在石块上。

莎莎连忙抓住爷爷的手，像她小时候爷爷给她呵气一样，圆起嘴唇朝爷爷的伤口呵着气："爷爷不疼，爷爷不疼……"

爷爷撕了块布包扎一下，仍然不停地挥动着锤子。

"爷爷，您该买副手套。"莎莎说。

爷爷放下锤子，看了看手，用手抚摸着她的头，苦笑着摇摇头："一副手套要好几毛钱，爷爷凿一天石头才能凿多少钱？再说，一副手套用不了几天就坏了，爷爷戴得起吗？你看看，这么多人，有谁戴手套？"

莎莎不吭声了。

三

莎莎想将手上的手套摘掉，可到底还是戴着它上学校去了。

一回到家，她就赶紧把它塞到枕头下。

这天，莎莎放学走出校门，爸爸在门外迎上来："莎莎。"

"爸爸，你来干嘛？"

"快，跟我去看你爷爷。"爸爸拉起她的手。

"爷爷？"莎莎惊喜地望着爸爸。

爸爸告诉她，城南那座宫殿常年风吹雨打，需要修葺，一般人干不了，人家特地请来了爷爷。他都来了好几天了，不是一个小石匠跑来告诉，爸爸还不知道呢。

爸爸带着莎莎，在工地上找到了爷爷。

爷爷正在一块大石头上凿刻浮雕。

"爷——爷——！"莎莎大声叫着离开了爸爸，扑向爷爷。

爷爷慌忙丢下手中的锤子："莎莎！"

莎莎望着爷爷。将近一年不见，爷爷又老了不少。她的目光慢慢移到爷爷手上：爷爷的手上戴着手套，可是，十只指套都磨破了，手指一根根钻了出来。

爷爷将手放在莎莎的肩上，说："莎莎，不怪爷爷没去看你吧？"他用手指着那一堆活，"活太紧了。"

爷爷发现了莎莎的手套，"呵呵呵"地笑起来："我们莎莎，像个城里人啦。"

莎莎将手藏到了身后。

爸爸走上前去，给爷爷把那副烂手套褪掉，然后把他扶到水池边，和莎莎一道，像大人对待小孩一样，给他洗净双手。

爷爷呵呵地笑着。

"跟我们回家吧。"爸爸说。

爷爷望着那一大堆活,迟疑着。

"走吧,爷爷。"莎莎紧紧地拉着他。

大家也都来劝爷爷,他只好放下活,跟爸爸和莎莎离开了工地。

城市的夜晚,一片灯海。

莎莎的手放在爷爷的那只大手里。她觉得自己的手是凉的,而爷爷的手却是温暖的……

那座宫殿修复后,爸爸说什么也不让爷爷回乡下去了,他要爷爷从此住在城里歇着。

爷爷把自己的手放在眼前:"我还能干几年呢。"

爸爸坚决不答应,与爷爷一起来的石匠们也都劝他,他想了想,只好留了下来。

过了半个月,爷爷却怎么也呆不住了。他那双手是忙惯了的,突然歇下来,吃不好,睡不香,心里整天觉得空落落的,一双手竟不知该往哪儿搁了。

"我要回去。"爷爷说。

爸爸苦笑了笑:"再住十天。"

莎莎知道留不住爷爷了,那天傍晚放学后,她去给爷爷买了十副手套。可是,当她捧着手套回来时,邻居大妈却把一串钥匙交给她说:"莎莎,你爷爷这一上午就尽唠叨,说他手闲得没处搁,心里憋得慌,下午,他回乡下去了……"

莎莎望着手套,直想哭……

四

爷爷回乡下没两个月,在一次搬动石块的时候,突然倒下了,从此,卧在床上再也起不来了。村里连忙派人来告诉爸爸。爸爸急了,赶紧带着莎莎赶到乡下。

爷爷躺在小茅屋里的竹床上。他并不感到痛苦,因为,他没有病。

他倒下了,只是因为他太老了,到时候了。牛老了,也会拉着拉着犁突然倒下呢。

"爷爷……"莎莎放下那捆手套,叫着。小床太矮,她跪了下来。

爷爷的嘴在灰白的胡须下掀动着, 发出的声音远不及以前那样响亮了:"莎莎,你来了?"

莎莎点点头。

爷爷望着爸爸:"我不要紧的,歇歇就会好的。"

爸爸点点头。

莎莎正好放暑假了,就和爸爸一道守着爷爷。

爸爸似乎预感到了什么,走进村后的大山,挑了一块非常好的石头,在陪伴爷爷的日子里,就在这块石头上没日没夜地雕刻着。雕刻了整整一个月,那天的黄昏,爸爸的一件作品完成了最后的一刀:

在一块形状不规则的底座上, 高高地举着两只张开的手, 那样子,好像在用力地举托着天一样沉重的物体。那手大而短粗,骨节分明,筋络根根可辨。

莎莎的眼前突然出现爷爷举起石头往马车上装的动作:"这是爷爷的手!"

爸爸笑了笑。

莎莎使劲地将爸爸的作品抱了起来, 一直抱到爷爷的病榻前:"爷爷,您看……"

爷爷慢慢睁开眼睛。

爸爸蹲下:"像您的手吗?"

爷爷眯缝着眼睛,看了半天,摇了摇头:"不像,不像……"

莎莎说:"像,就是爷爷的手。"

爷爷又看了半天,说:"有点儿像……"

几天后,爷爷去世了。

那双粗糙的大手平静踏实地放在胸口上。

莎莎把那捆手套放在他的身旁。她有一种幻觉:爷爷走到哪儿,也还要用他那双手去干活的。

　　黄昏时分,村里的人把爷爷抬到船上,要到远处的河滩上去把他埋葬。莎莎不愿看到这样的情景,就站在小河的桥上,望着船慢慢地驶去。那只船渐渐模糊了。她到口袋里掏手绢,想擦眼睛,好看清那只载着爷爷远去的船,掏出来的却是那副白手套。不知是风,还是她松开了手,那副白手套轻轻地落进水中,随风漂走了……

一场关于美的较量

赏析／迎　伟

　　劳动创造了人类,人类因劳动而越发美丽,生活在乡下的"石匠"爷爷,有一双粗糙而有力的大手,在有些"城里人"看来,这双手一点儿都不美,甚至很丑。回到城里,莎莎就不止一次地为自己有一双和同龄人不同的手尴尬过、苦恼过。这场关于美的较量围绕"手"展开,构思巧妙,发人深思。

　　结尾莎莎的白手套随风飘走,耐人寻味,也让我们品出了美的真正含义。

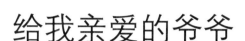

> 至少我的目力所及,我童年时候爷爷的形象还是那么可爱,和那些动画片一样安定地留在我记忆深处的草坪上。

给我亲爱的爷爷

● 文/陆蓓容

很小的时候爱看作文选,曾经看到过一个比喻,将年迈爷爷的眼睛比作昏黄的沙漠。

直到刚才把电话放下,我才忽然发现,爷爷之间的这片沙漠,正随着岁月的吹塑慢慢形成。他的声音那样平静——"我的眼睛慢慢地看不见啦,有什么办法呢,谁叫我老了呢。"我有一种急迫,堆积在胸口想喊出来。没有。我只是问他为什么不去医院看,他的回答是,没有用。

爷爷最后一次看清楚我的脸是什么时候的事,恐怕只有他自己知道了。这是写给他的文章,我要趁着他还能看清楚我的文字的时候告诉他一些话,我没有办法当面说,甚至没有办法用第一人称说。很多事情,过去得太久了,也许他都已经忘了吧。我请他闭上眼睛,回想一下那个明亮美丽的十岁女孩子,如果他还记得的话。就当做是那样一个女孩子在说话吧,如果说错了,也当做是一个十岁孩子犯的错吧,小孩子做错事总是容易得到原谅的。

一年前出书的时候,爷爷给我写了序文。我想他不会怪我越大越没有勇气去读那样一篇文字,因为那里边说到很多我小时候的事。如果我真的如他所说,读高中之后没有做任何让他们高兴的事,那么,他对那些往事的回忆,只能成为我生命中不能承受之重。在如今的我看来,生活早已更像一个既成事实,可是在他教我写字、在后院种上菊花、还在一个本子上记录下我从小爱哭的事实的那些日子里，生活是有气味和颜色的，甚至可以捕捉很多个细节，简单得如同抓住一条柔弱的小鱼。后来，我把那些鱼全部放掉啦，在读到"不如相忘于江湖"之前的很多年就放掉啦。可是现在，我很后悔，真的。

我不知道爷爷是否还记得一只粉绿色的大蝴蝶，曾经停在幼儿园里圆圆的挂毛巾的夹子上，夹子低矮，比起当时的我来却远远地高了。那时候，他用圆乎乎的手指轻轻一抓她合拢的翅膀，好大的一只蝴蝶啊，就这样到了家里。她在阳台的墙上产下很多黑色的卵，那是冬天。很多年以后我还能记得那蝴蝶，因为那些卵，很可能是由于我单纯的残忍而冻死了，却依然嵌在墙上。后来我告诉一个老师这件事，他说，不，那很可能不是蝴蝶，是绿色的大蛾。——我坚决地没有同意这个回答，那是我童年里飞得最好看的蝴蝶，哪怕它真的是我所不喜欢的蛾子，在我心里，至少有过一个"蝴蝶蝴蝶满天飞"的印象。感谢爷爷，为这个印象轻轻地伸了伸手，夹住了蝴蝶的翅膀。

那么，一些仙人掌糊糊呢？爷爷恐怕半点儿印象都不会有了。没关系。虽然到了夏天我的鼻翼右侧还是一定冒出一颗豆豆，我已经不会为这样的小事要求什么了。仙人掌糊糊的清凉可以消火，爷爷用刀背砸了很多，我用去的不到十分之一。后来，剩下的那些不见了，连同那个精巧的黄玉小钵。我不知道爷爷的手那时候有没有被仙人掌的刺扎到，我想总是有的吧。可他没有说，我也忘了问。

我是一个自私的人，不知是不是从小如此。那天，爷爷在电话里嚷嚷说我读高中之后没有做过一件让他们高兴的事。而我生气了，说："我从来不为任何人而活着。"可能，自己是让很多人失望了，可是我不能因为这而勉强自己过得比现在更糟。最近我才想到要对亲人们负起责任，至少目前得好好走下去。也许，爷爷不会知道——但等他看到这些文字就会知道了，我为自己的性情脾气不能学好他所研究的文献学，一直感到遗憾。爷爷还应该知道的是，我从来没有刻意地要渲染出浮躁的青春，相反，我更渴望回到童年，或者变得苍老，苍老到能够安静地在夕阳里微笑。我现在这个年龄，很多的郁闷来自心灵。心灵里的化学反应太强烈,有时生成的新物质让我猝不及防。不是怕,只是我需要时间。

可是时间,这是多矛盾的需要啊。时间在沉淀我自己的时候,也悄悄改变了很多东西。每个人的成长中都有不为人知的脆弱和坚韧在此消彼长,于是这个人,也就时时让人捉摸不定。爷爷是否会觉得我离他越发远了呢?我记得他说过,我整天地对着电脑,不是整天地跟他说话了。在我小学四年级读千家诗的时候,就是在舟山的海风里,在他眼前把一首一首七绝背出来的那个暑假,一切很好。很好的暑假,很好的海,但是,是在那个暑假,我发现了爷爷会发呆,一个人长久地坐着在看什么,又什么都没有看在眼里。甚至在那时,我就很难从他的眼睛里看出什么来了,除了一些我不愿意承认的浑浊。若以后来我自己发呆的情状去揣测,那么恐怕他心里泛起的是一辈子的故事,渺茫而亲切。

一辈子。我从来没有觉得这个研究文献学的老人家有过多么成功的一辈子。小时候我喜欢在他的书房里玩书,把书们戳进书架最里边。稍大后喜欢找他的书看,听他唱词。"楚天千里清秋……",他一直不知道,这个调子我之所以请他唱过很多次,是因为苍凉。其实,他的很多历史对于我都是遮蔽的,我始终没有问他过去的经历,比如"文革"。读高一的时候,学校历史课做研究报告,我写"文革"的相关情况,犹豫了很久终于还是没有去问那些经历过的老人,那时候我觉得,回忆是如此可怕的一种东西,让人甜蜜或悲伤,而事实上什么都捕捉不住。

爷爷很注意留着他一生有纪念意义的照片,其中有一张,我很喜欢:他在讲课,好像穿着纱质的衣服还是很热,两个腋下都汗湿着一块。黑板上是他那几个非常工整的字,"汉书"、"艺文志"。我觉得这张照片上的爷爷没有一点儿教授风范,只是爷爷罢了,任何一个孩子都可以随便喊爷爷的一个老头。那些照片背后,都有非常工整的楷体钢笔字,写清楚拍摄时间和某些事件,边上都工工整整地写着年龄和职称。我一直都在揣测他记录职称的原因。这个到他的学术生涯临近结束才成为"古籍所教授"的老人心有不甘吗?他带过的研究生,有的去读博士了,有的工作了,他是他们生命中的一个中转站。在送走一个又一个孩子的时候,他一定觉得送走的是又一次对青春的回忆。这个齐鲁大学的南下学子,和儿子谈起政事时,终于在消磨完当年的激情之后,多少带了一点儿说不清楚的情绪。而这点情绪所引起的争执往往是以儿子的嘲笑而告终,我看得很心酸。——其实争执是那样不必要,每一代人的观念都是不同的,所经历过的更是不一样,也许他会显得可笑,可是我总是怀疑,从一个本就可笑的年代里走过来的人身上真的能洗去所有记忆吗? 我不相信。

小时候爷爷很宠我。对来家里看他的学生,他总是很急促地用山东口音说:"换鞋换鞋刚拖地呢!"而我中午放学却向来是他和奶奶追着把拖鞋放到我屁股后头。老实说,对自己的顽劣现在并没有太大的内疚。那时候,在更大程度上像是大人和孩子合谋的喧闹与温馨。

爷爷所写的诗,我只见过两首。都是为照片题的小诗,五言和七言。其实,其中一首甚至根本不能叫做诗,那时候只有四五岁的我都已经能够全部懂得了。照片是叔叔抱着我在西湖边看风景。"叔叔抱容容,依贴湖山行。蓓蕾荣硕日,可念阿叔情?"眼下看来,我是没有什么荣硕的可能了。而另外一张照片,拍摄在 1995 年春天。妈妈和婶婶笑着,爷爷站在中间。"损篑伯仲声和应,姒娣相扶亦见情。兴来携手踏春去,左右阿公笑而盈。"爷爷的诗不好,老实说,我始终觉得他的能力并不突出在文字上。但是我喜欢这两首诗,与文字无关。"老妻画纸为棋局,稚子敲针作钓钩",本来也都是寻常人家寻常事,而爷爷,是否也在人生的夕阳里无比亲切地感到只有家庭才最稳固坚实?

今年,我的视力已经不如去年,却还比爷爷好得多。至少我的目力所及,我童年时候爷爷的形象还是那么可爱,和那些动画片一样安定地留在我记忆深处的草坪上。

而如今的这个爷爷和旧照片上的那个相比,只是头发白了。头发白了……

也许我们都应当宁静，我也应当擦干眼泪。这是我生平第一篇献给一个人的文字，对我来说，这个无比重要，我现在要让他知道。

感受亲情

赏析／迎　伟

淡泊而宁静，爷爷像一座山，很难用文字刻画出来，本文的作者却独辟蹊径，把爷爷的一生剪辑成一幅幅生活画面，像电影一样放映出来，让读者于不知不觉中感受到爷爷充实、幸福的一生，这正是文章的中心所在，也是我们应该不断追求的生活。

文章通过对一些日常琐事的记叙，采用追忆的方法，成功地塑造了爷爷的形象。全文语言朴实，如叙家常，充满了浓郁的生活气息。

> 我坐在那里默默地祈祷，请上天赐予我力量，为了我的小孙子福兰克，我要健康地活下去。

为了小孙子福兰克

● 文/[美]克里弗·西斯特拉   陈 明 译

小孙子福兰克一出生，就成了我生活中的阳光。每天，他妈妈珍尼和他奶奶德比上班去了，家里就剩下了我来照顾他。患慢性肾炎提早退休的我，常常被福兰克搞得手忙脚乱，尽管如此，他仍然比我的任何药品都灵。

我们爷孙俩一块儿在后院踢足球，一块儿到树林里去作长长的散步。"爷爷，这是什么树呀？"他会问，"那是什么鸟呀？""为什么松鼠有大大的尾巴呢？"但是福兰克最喜欢的"探险"还是和我一同坐拖拉机外出。他会坐在我的膝盖上，我们驾驶着拖拉机，到乡村小店去，遇上三五个老人，和他们在一起边喝咖啡边聊天，讲一些古老的故事。这时，福兰克就是我们最好的听众。"那鱼和我一样大吗？"他会好奇地问，或者，"你那会儿一个人开飞机不觉得害怕吗？"

福兰克稍大一点，我便每天接送他上幼儿园。回家后又和他一道做家庭作业。然后我们会在阳光下继续出去探险。我向自己承诺，我一定会随时陪伴在福兰克身旁。

一九九六年，我的病情开始恶化。我先天只有一个肾脏，现在它的功能开始衰退。我预约了肾脏移植。排队等待的同时，开始在家做透析治疗。我把透析治疗的仪器都指给三岁的福兰克看，以免吓着这小孩子。"什么都不会改变的，"我向他保证，"有时爷爷只是想把事情搞得容易一些。"但是过不了多久，医生告诉我必须到医院做治疗。在隔天一次连续四小时的治疗中，我身体的痉挛伴着周围病人的呻吟持续不断，一些重病号不堪忍受痛苦，要求医生中断治疗，这些都令我不寒而栗。我变得怕去医院，怕时常听到昨天还见面的病友中谁又因治疗失败去世的消息。

坐拖拉机外出的短途旅行就此结束。"爷爷，咱们出去玩儿吧！"福兰克放学后常缠着我。"恐怕不行，孩子，你自个儿跑吧，爷爷累了。"我常常感到累。不久，我只好请一位朋友代我接送和照顾福兰克了。我除了去医院和教堂，整天就是坐在躺椅上，呆望着窗外，或是看电视。我恨这样的生活。难道这就是我盼望已久的生活吗？难道每天到医院去就是看那些人一天一天地衰弱下去吗？

我的脾气也越来越坏，几乎不再和福兰克一起出去玩了。我开始和珍尼与德比谈论我的后事。

一九九七年圣诞节临近了。我不再和家人一起出去看圣诞节彩灯，也不和他们一起外出购物。圣诞节早上，我看着福兰克打开了他的礼物包——里面有一辆救火车，上面有能活动的小人，还有一副棒球手套。"爷爷，咱们出去玩棒球吧！"

"爷爷病了，孩子。"

"爷爷您可能应该多吃一点东西。我这里有妈妈给的饼干。"

"不啦，宝贝，我不饿。圣诞假完了的时候，你把棒球手套带到学校里去玩吧。"

我真不愿意使福兰克失望，但是不得不这样，因为我第二天要到医院去做治疗。

我已经心力交瘁，在新年的祈祷中，我请求上帝尽快结束我的痛苦。节后，福兰克又上学了。一周后，珍尼告诉我，福兰克的老师说，当老师要同学们说说自己的圣诞节过得怎么样时，福兰克说，他的圣诞节过得不好，因为爷爷病了。老师希望明年的圣诞节他和爷爷将会有一个快乐的假期，但福兰克说，"不，爷爷说，明年他将和耶稣在一起。爷爷是我最好的朋友，我会想念他的。"

我惊呆了。眼泪不知不觉地从眼眶里滚落下来。长期以来，我只

79

是生活在自己的病痛中,丝毫没有考虑它对小孙子的影响。虽然我告诉自己,对自己的病要正视不可避免的现实,但是,这也许只是我就此放弃的借口。可能我应该乞求上帝帮我渡过难关,而不是请他带走我。我坐在那里默默地祈祷,请上天赐予我力量,为了我的小孙子福兰克,我要健康地活下去。

那天下午,福兰克放学一回家,我就伸开双臂迎接他。他高兴地爬上我的膝盖。我没有提他妈妈告诉我的话。我抱了他好长的时间,然后说:"福兰克,在你的帮助下,我要治好病,很快我们就可以又在一起玩了,真的。"他紧紧地拥抱着我。

第二天,福兰克一放学就说:"爷爷,到外边去吧。"

"今天就算了吧。"

"爷爷,你说过你要试着锻炼身体的。"

我望着他,"好吧,我说到做到。"

他帮助我从椅子上站起来。我抓住拐杖,告诉自己,我要为小孙子而锻炼。在后院,我拄着拐杖,把球扔给福兰克,他接过去,又把球扔回来。就这样,我和小孙子一起练球,每天坚持。逐渐地,我发现自己又时时企盼着和他一起在阳光下呼吸新鲜空气的时刻了。有一天,我惊奇地注意到,自己出门时居然忘了还要带上拐杖!

我告诉医生,想恢复在家做透析。这次,由于和福兰克一起锻炼减了肥,治疗的效果比前次好。许多晚上,我边做治疗,边和福兰克一起看电视。白天,我一有空就和他玩儿。我们打篮球,我还教他骑自行车,跟在他的车后慢跑。我们甚至还爬上拖拉机,开着它又到乡村小店去看望我们的老朋友。

福兰克迎来了和爷爷一起度过的又一个圣诞节。然后又一个。去年十二月,我终于等来了肾脏移植。我恢复的很好,又能开车和做其他的事了。医生告诉我,如果我愿意,我还可以继续回去上班。不管将来如何,我决心把握好自己的生活。同时照看好小孙子福兰克,他是我最好的灵丹妙药。

爱让病魔退却

赏析／秋　娟

　　这是一篇动人的文章,读罢让人不由得热泪盈眶,但那是羡慕、感动的眼泪。在很多故事中,我们看到当孩子面临困难,都是长辈想尽办法鼓励他们渡过难关。而在这篇文章中,重病缠身的爷爷却在孙子的支持下,克服了病魔。

　　小富兰克的诞生,使整个家族的生命又得到了延续,同时,爷爷却身患疾病。一方面是新生命的成长,一方面是苍老生命的衰竭。病魔让爷爷极度痛苦,甚至期待死亡,但孙子的依恋和天真的愿望给了他战胜病魔的力量,亲情和爱是最好的灵丹妙药。

如果我们对老人多一点儿理解，多一点儿体贴，就不会有那么多的遗憾发生了。

爷爷的百元假钞

● 文/余　晖

年少无知的我，曾经伤害过这个世界上最疼我的人。四年过去，我依旧无法释怀，当时的一幕幕，如此清晰，将我钉到了良心的十字架上……

一张假钞引发战争

二○○一年我考上大学时，爷爷已经八十一岁了。

曾做了大半辈子大队支书的爷爷非常高兴，逢人便夸："我孙子有出息，考到北京上学呢。"这样的夸赞，我听来却很不受用。整个高中三年，我都为考上最好的大学而努力，不料败北，只上了一所普通高校。等待开学的那段日子，我烦躁不安，经常莫名其妙地发火，弄得家人小心翼翼，生怕惹恼了我。

那个暑假，爷爷整天忙着用竹篾编制各种漂亮的器具。父母劝爷爷多休息，但爷爷口头应承了，依旧捣鼓那些篾片。爷爷在家乡是远近闻名的编篾高手，能编扎家用器具和各种小玩具，卖得便宜，很受镇上居民的喜欢。

终于背起行囊离开家乡，我依旧郁郁寡欢。那天，我们全家都起得很早。父母要送从未出过远门的我到省城坐车，爷爷坚持要送我到镇上。

一路上，我保持沉默，气氛有些压抑。

等班车的时候，爷爷喜滋滋地从上衣口袋掏出一张崭新的一百块钱，随意地递给我说："我听别人说，北京的消费贵着呢，这一百块钱是我这几天卖东西得的，你拿去，买点好吃的。"爷爷粗糙的大手，还有被竹篾扎出的血痕，可我装作视而不见，只觉得那一百块钱色泽黯淡，不大对劲。我拿到手中，对着光亮仔细查看，果然是张假钞。父母神色紧张地看着我。我不忍心当面伤害爷爷，就懒洋洋地把钱递回去，说："爷爷，爸给我的钱够了。这钱您留着自己花吧。"

爷爷平时的零用钱都是父母和姑姑给的，不过各家都穷，也只能是十块八块的。

爷爷却把钱塞回，握紧我的手，几次推让之后，父亲也示意我拿着。

那一刻，我郁闷到了极点，居然神经质地冲着爷爷大吼一句："拿什么拿，这根本就是一张假钱，拿了也用不了！"我用眼角瞥见，父亲正严厉地瞪着我——他早已知道那是一张假钞吧。

"那天快收摊时，城里的一个小伙子买篮子给的啊，换走了我一大堆零票。不可能骗人，一个挺实在的小伙子啊……"爷爷可怜巴巴地喃喃自语，举着钞票左右察看，满头白发分外刺眼。

初次离家的恐惧，对前途的迷茫，使我完全失去了理智，我冷笑着说："怎么不可能？别人就是看你老实好骗，就是欺负你！"

爷爷完全惊愕了，拿着钱不知所措地看着我，眼睛泛起泪光——此刻回想起来，我的心都在抽搐，只想狠狠抽自己一顿！

"啪"。父亲重重地甩了我一巴掌，抬起脚就向我踢来，幸亏母亲拦得快，抱住了父亲。班车刚好也来了，我逃也似的上了车。坐在车上，看着父亲扶着爷爷的身影，我忽然哭了。车渐行渐远，爷爷枯叶般的身影越来越模糊……

爷爷不停地编制篾贝

到了大学，换了新环境，我变得逐渐开朗，喜欢上了大学生活。但是每个夜晚,我的脑海都会浮现出爷爷那张可怜巴巴的脸,心中很是难受。

放寒假时,我带着赎罪的心情来到西单,特意买了北京特产茯苓饼,准备送给爷爷——他一直喜欢吃甜的。

经过三十多个小时的长途奔波,我回到了熟悉的家。母亲欣喜地接过我的行李,父亲却面无表情,只淡淡地招呼了声,继续埋头写他的对联。每年春节,父亲都要卖对联,补贴家用。

我大踏步走进爷爷的房间,却发现爷爷躺在床上,神色异常憔悴。一见我,他徒劳挣扎,想坐起来。我上前扶住爷爷,不解地看着母亲,母亲扭转了头,眼中分明噙着泪水。

爷爷可能感冒生病了?我把茯苓饼包装拆开,送到他嘴边,看他吃下。爷爷吃了一口,笑眯眯的,突然说了一句,"谢谢领导来看我,还没有忘记我这个当支书的。"我以为爷爷开玩笑,一抬头却看见旁边的母亲已经泪流满面。

"你去读大学了,你爷爷好像就变了一个人,整天不说话,就是不停地编制篾具。我们怕他累着,可是怎么劝都没用,甚至你爸爸假装发火,骂他一通,也不顶用。因为这个,你姑姑也回来过,苦口婆心说了好久,你爷爷才放下篾片。但是你姑一走,他又开始忙上了。"母亲哽咽地说着。我简直心如刀绞。爷爷在一旁,安静地吃着茯苓饼,好像母亲说的是毫不相干的外人。

"你爷爷织了半屋子的篮子,只说了句,'我去卖钱给我孙子',就出了家门。我跟你爸爸看爷爷挺精神的,就没注意,让他出去散散心也好,谁知……"说到这里,母亲哽住了。

原来年事已高的爷爷在赶墟的路上摔了一跤,虽然父亲心急火燎地把爷爷背到医院,但从此爷爷瘫痪在床。同时爷爷的记忆力也越来越差,不认人,手中始终握着一张一百元假钞,任是谁,无论用什么方法,都拿不走。

因为母亲天天照顾爷爷,爷爷对她还残留一点印象:"阿嫂,你哭什么,去倒杯水给这位领导啊,人家大老远的来看我,不容易。领导啊,待会儿留下来吃饭,我叫阿嫂炒几个菜。"爷爷吃着茯苓饼,很诚恳地对我说,如同与我初次相识。

我哭着冲出了房间,站在大门外,任泪水肆意地流。父亲不知何时站在了我的身旁,眼睛也是红红的。

爷爷的真爱

春节里,我整天陪在爷爷的身边,给他讲大学里的故事,讲北京的风景,爷爷如同孩子般虔诚地聆听。好几次,我以为爷爷记起了我,让他把右手的假钱给我。由于爷爷攥得过紧,钞票变得皱巴巴的。

可每到此时,爷爷都会毫无顾忌地哭起来,"领导也不能抢我的钱,那是我给我孙子的,他在北京读大学,我要等他回来。"爷爷如此挂念他的孙子,却不认识我,每每这时,我都忍不住流下泪来——又有什么比亲人近在眼前,却不相识更令人心痛的呢?

爷爷连忙说:"你不哭。我孙子人好,到时会分给你一些……"爷爷孩子气的安慰,只会让我哭得更加伤心,并用力地捶打自己。

家里还有爷爷编制的竹篮,我把它提到了自己的房间。每次看到,都忍不住摩挲半天,想像爷爷是怎样伤心地、沉默地坐在小板凳上,编制那些篾具给曾经伤害过他的孙子。爷爷也曾感到屈辱和失望吧?他的孙子,简直就跟那个假钞犯一样,狠狠把刀插进他单薄的胸口!

寒假结束,我即将返校。那天,爷爷终于展开了右手,将那张百元假钞,慷慨地塞给我,恳求地说:"领导,您也在北京,把这钱捎给我孙子吧。"我曾经拒绝过这张假钞,痛恨过它——它几乎就是全部的罪魁祸首!此刻,一股柔情却油然而生,我强忍泪水,笑着说:"您把钱收好,一定要等孙子回来,亲手交给他啊!"

爷爷恍然大悟似的,呵呵笑了,一脸的皱纹,没牙的嘴,笑得特别开心。

六月,我接到了父亲的电话,说爷爷已经走了,走时手中还紧紧地攥着那张假钞,呼唤着我的名字……

那一天,北京罕见地热,我躺在床上,脸上却整夜地冰凉。

假钞与真爱

赏析／秋 娟

这是一篇孙子伤害爷爷的故事,读了让人心酸。我们在谴责这位不懂事的孙子时,也为那位慈爱、善良的爷爷惋惜。为了挣钱给孙子,让他在北京过上宽裕的生活,爷爷每天不辞辛苦地编篓子。爷爷是个淳朴老实的人,因此他的篓子编的好,价钱却卖得低。让人气愤的是,一个道德败坏的骗子用一百元假钞骗取了爷爷的信任。本来爷爷不会为这一百元悲伤,但孙子对他的鄙视和侮辱却深深地伤害了他的心。

如果我们对老人多一点儿理解,多一点儿体贴,就不会有那么多的遗憾发生了。

我没回家,直接跑进麦地里,迫不及待地要把这个消息告诉爷爷。爷爷正低着头,全神贯注地侍弄着那些幼小的麦苗。

荣誉无价

● 文/[美]史密斯

我的小学时光是在得克萨斯州度过的。我就读的那所小学一直保持着一项传统:每年的毕业典礼上,成绩最优秀的毕业生将作为学生代表致告别辞,并被授予优等生荣誉衫。荣誉衫的左前胸有一个金色的大写字母S,口袋上印着获得者的名字,也是金色的。

几年前我的大姐罗丝曾获得过一件荣誉衫。我对它心仪已久。从一年级到八年级,我的各门功课全都是优。我多么希望也能拥有一件属于自己的荣誉衫啊!

我的父亲是农民,养活不起我们姊妹八人,我六岁时,被送给祖父抚养。因为家里穷,交不起注册费服装费,我们家的孩子们从未参加过学校运动会。尽管我们家庭的人个个都灵活矫健,擅长运动,却都未得到过学校的运动衫。于是,优等生荣誉衫便成了我们的惟一机会。

五月,毕业的日子一天天临近。春倦让大家昏昏欲睡,没有人再把心思放在课堂上,一心只盼着毕业前的最后几天快点儿过去。我每次望着镜子里的自己,都有一丝绝望涌上心头。笔杆儿一样的身材,全身上下没有一丁点儿的曲线美。同学们给我起了个绰号:“面条”。我知道他们说得没错。我胸脯平平,没有翘起的臀部,智慧的脑袋是我的惟一。

一天下午,我心不在焉地从教室来到了操场上,猛然想起我的运

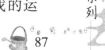

动裤忘在课桌下的袋子里了。我可不想因为没穿短裤而让体育老师发火,我得回去拿。

走到教室后门的时候,里面传出愤怒的声音,好像有人在为什么争吵。我停住了脚步。我并非有意偷听,只是迟疑不决该如何是好。我必须进去,可我又不想打断老师们的争论。我听出来这是我的历史老师施米特先生和数学老师布恩先生的声音。令人难以置信的是他们竟是在为我的事争论。突如其来的震惊使我死死地贴在墙上,恨不能跟墙融为一体。

"不行,我不能这样干!我不管她的父亲是什么人,她的成绩根本无法和马莎相提并论。马莎每门功课都是优秀,这你是知道的。"这是施米特先生的声音,听得出他非常愤怒。

布恩先生的声音平和而安详:"听我说,乔安娜的父亲是学校董事会成员,在镇上有一家铺子,跟我们来往密切。此外……"

我脑袋里嗡的一声,什么也听不进去了,只有断断续续的只言片语渗入我的耳膜:"……马莎是墨西哥人……辞职……不行……"接着,施米特先生怒气冲冲地冲了出来,朝对面的礼堂奔走。幸好他没有看到我。停了几分钟,我让自己颤抖的身体平静下来,然后走进教室,一把抓起书包,逃也似的奔出来。我进去的时候,布恩先生抬头看了我一眼,但什么也没说。记不清那天下午是怎么挨过去的。我闷闷不乐地回到家,把头埋到枕头里哭了,哭了整整一个晚上。我偷听到了他们的谈话,这个巧合对我来说是一种残忍。

第二天,不出我的意料,校长把我叫到了他的办公室。他看上去很不自在,心事重重。我下定决心不能让他轻而易举地得逞。我直视着他的眼睛。他把视线移开,有些坐立不安,随手翻弄着摆在桌子上的几份文件。

"马莎,"他开始讲话了,"学校关于优等生荣誉衫的规定有些变动。你知道,往年荣誉衫都是免费授予的,"他清了清喉咙,接着说,"可今年学校董事会决定要收一定的费用,十五块钱,这只是荣誉衫价格的一部分而已。"

我惊讶地盯着他。他还是不敢直视我的眼睛。

"如果你付不起十五块钱,那荣誉衫就要授予排在你后面的那位同学了。"

我没必要再问那位同学是谁了。我站在那儿,不失丝毫尊严地说:"我会跟爷爷商量的,明天就给您答复。"

回家的路上,我的泪水尽情地流淌着。马路上尘土飞扬。到家后,我的眼睛已经沾上了好多灰尘。

"爷爷呢?"我问奶奶,眼睛看着地板,害怕她问我为什么哭。

"他可能去地里干活了。"奶奶正在缝褥子,跟往常一样,头也不抬地说。

我走出家门,向田里望了望,爷爷果然在那儿。他弯着腰,手里握着锄头,正在田垄间辛苦劳作。我慢腾腾地朝他走去,思忖着怎样向他张口要钱。牧豆花甜甜的香味儿伴着凉爽的清风飘然而至,而我这时已无暇顾及了。我满脑子里只有荣誉衫,我多想得到一件啊!它所代表的已不仅仅是毕业生在毕业典礼上致告别辞,它代表着八年的勤勉刻苦,八年的企盼渴望!我得对爷爷实话实说,这是我惟一的机会。

看到我,爷爷抬起了头。他在等我开口讲话。我紧张地清了清嗓子,紧紧攥在一起的双手背在身后,以免他看到我的手在发抖。"爷爷,我得求您帮个大忙。"我用西班牙语说,他只懂西班牙语。"爷爷,校长说今年的优等生荣誉衫不能免费授予了,得交十五块钱。我明天就得把钱交上,要不然,荣誉衫就给别人了。"爷爷直起身来,面带倦容,下巴靠在锄头柄上,双眸凝视着远方的麦田。我期待着,期待着他说他会给我那笔钱。

他转过身来,语气平缓地问:"优等生荣誉衫究竟意味着什么?"

"它意味着八年来我的学习成绩最优秀,我最棒,所以才把它给我。"我赶忙回答。

爷爷什么也没说,弯下腰,继续用锄头锄着麦苗间冒出来的杂草。这个活费时耗力,有时麦苗跟小草紧挨在一起。我很失望,眼里很快流下泪来。

正要转身离开时，爷爷说话了："马莎，如果你付钱的话，那它还是荣誉衫吗？还是一项荣誉吗？告诉校长，这十五块钱我是不会交的。"

我回到家，把自己反锁在厕所里，很长时间不出来。虽然我知道爷爷说得没错，可我还是生他的气。我也生学校董事会的气，他们凭什么偏偏在轮到我的时候改变规定？他们还有没有信仰和人性的纯真？

第二天，生性内向沉默寡言的我硬着头皮走进校长办公室。这一回，该轮到他直视我的眼睛了。

"你爷爷怎么说的？"

我说："他说他是不会掏钱的。"

校长低声嘟囔几句什么，我没听清。他站起身，走到窗前，站在那儿，望着窗外。他站着的时候，看上去要比平时高大许多。他身材高挑，满头银发，面容略显憔悴。我看着他的后脑勺，等他开口说话。

"为什么？"他最终说话了，"如果他愿意的话，他还是付得起这笔钱的。"

我望着他，竭尽全力把所有的泪水都咽到肚子里去。"我知道，先生，可我爷爷说如果我花钱的话，那它就不再是一件荣誉衫，不再是一项荣誉了，因为荣誉无价！"

"我知道你要把它给乔安娜。"我本不想说这句话，可它不知怎么从我嘴里溜出来了。

"马莎……等一下。"我已经走到门口了，校长叫住了我。

我转过身来，望着他。他究竟要干什么？我能感受到我的心在胸腔里怦怦地剧烈跳动，我能看到我胸前的衬衣一上一下地颤动着。我嘴里有一股苦苦的怪怪的难以形容的味道。我感到恶心。我不需要同情与怜悯！校长重重地叹了一口气，坐回到他的大办公桌前，咬着嘴唇，盯着我。

"好吧，我们这回儿就为你破个例。我马上告诉学校董事会，你将得到你的优等生荣誉衫。"

我简直不敢相信我的耳朵。"噢！谢谢，谢谢您，先生！"我冲口说道，声音在颤抖。我体内好像有什么东西在迅速膨胀，我突然觉着自己一下子变得伟大起来，像充气的玩具一样，越来越大，最后跟天一样大。我想笑，想叫，想跳，想一口气跳上几英里。我得做点儿什么。我跑进大厅时哭了起来，在那儿没人看得到我。

这天快要结束的时候，施米特先生冲我眨眨眼，说"嗨！我听说今年的荣誉衫归你了？"

他面带微笑，明亮的眸子里闪烁着孩子般的快乐与天真。我什么也没说，迅速地拥抱了他一下，然后向公共汽车站跑去。我又落泪了，可这回儿是幸福的泪水。我没回家，直接跑进麦地里，迫不及待地要把这个消息告诉爷爷。爷爷正低着头，全神贯注地侍弄着那些幼小的麦苗。

"爷爷，校长说他们将为我破例，我能得到荣誉衫了！"

爷爷没说话，只是冲我微微一笑，用手轻轻地拍了一下我的肩头，从后裤袋里掏出一条皱皱巴巴的红手绢，擦了擦额头的汗。

"快回家吧，你奶奶还等你帮她做晚饭呢。"爷爷说。

我笑了，爷爷没骗我，荣誉的确是无价的！

"狠心"的爷爷

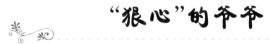

赏析／佚　名

作者日思夜想的荣誉衫，差一点就要因为交不起十五元钱而擦肩而过。爷爷的一番话让作者失望万分，而他却不明白爷爷这样做，是出于对他的负责，为了让他树立正确的荣辱观。但当他与校长谈论时，也正是爷爷的话使得他重新拥有了属于自己的这份荣耀。作者真正的明白了什么是"荣誉"。两位老师的争论也让人对这个世界的很多不公发人深省。

所谓爱,就是开心时,你从他嘴边抢一块巧克力,当他躺在病床上,却想把你觉得世界上最好吃的东西都塞到他嘴里。

和你抢巧克力的人

●文/郭宇宽

印象中爷爷和奶奶是一对老小孩,按古人的说法,举案齐眉、相敬如宾方是恩爱夫妻。我就从没见过爷爷奶奶吃菜的时候像小说写的那样把最好吃的部分夹给对方,更没见过他们吃菜的时候彼此谦让过。小时候我曾固执地以为爷爷奶奶不恩爱……

爷爷是个懂礼貌但饮食品味极为考究的人,如果一道菜不合他的口味,他绝不会表示一点不满意:非常礼貌地夹一点,作津津有味状。如果你劝他多吃一点,他会说:饱了。奶奶教训他:"再吃一点,又剩那么多!"他甚至非常诚恳地拍拍肚子以示真的饱了。不过假如这时候有一道非常好吃的菜端上桌,爷爷立刻会伸出筷子。

当遇上特别好吃的东西,他们甚至会当着我这个孙子的面抢着吃,并有理论支持:"抢着吃有味道。"

一次爷爷的老同学从美国寄来一盒巧克力,味道十分诱人。不过巧克力盒子里整整齐齐十四种口味、造型的巧克力,每一种只有两块。这可是一个大难题,三个人怎么分呢,试着把他们切开来?几乎每块里面都有果仁甚至液体的馅儿,想分成规则的三分是不可能的!我们达成共识——每天下午品尝两种口味。糖果是小孩的专利,我自然有优先权,爷爷奶奶总不好意思抢我那份儿吧?但接下来围绕如何分剩下的两块,爷爷奶奶展开了一番互不相让的谈判。最后决定用一种"公平"方式来解决:一人一块,第一天奶奶有优先挑选权,第二天就由爷爷优先挑选,以此类推。

奶奶精心挑了一块自己最满意的,爷爷小心翼翼地咬了一口剩下的那一块,作出非常陶醉和心满意足的样子,奶奶立刻有后悔的表情,最后只好两个人交换互咬一口,还不忘相互抱怨,"你咬了这么大一口。""我还没有咬到呢,宽宽,你爷爷是个小气鬼。"那个星期的每天下午,围绕巧克力,老头老太都会拌嘴半天……

后来我慢慢发现爷爷奶奶围绕食物的争执有时更像一种仪式,如同野蛮人面对丰盛的猎物一定要围着火堆跳舞来感谢上天的恩赐或者像下象棋,嘴里喊着"将军"好像势不两立,但其实彼此都很愉快。

上大学以后我回家很少了,在外转眼已经八年。四年前爷爷下雨天散步时不慎滑了一跤,摔断了股关节。因为年龄太大,装了人工关节,但有排异反应,只得卧床。由于缺乏活动,加上年龄不饶人,原本非常健康的身体每况愈下,这期间几次生病爷爷都挺了过来。爷爷躺在床上,奶奶每顿都把饭菜端到床头,变着花样劝他多吃一点,还有各式各样的点心和零食。去年春节前,爷爷中风了,虽然抢救过来,但身体状况更差了,有时候甚至不认识人。加上抵抗力弱引发了肺部感染,不时发低烧。他只好住进医院里全封闭的无菌特护病房,每天家属只有下午一个小时的探望时间,而且要穿上白大褂带上口罩。医生说:九十七岁的老人,这次估计出不来了。

寒假我每天陪奶奶去看爷爷并送饭,他经常处在昏睡的状态,喉咙被切开了,全身插满各种管子,连接着好几种仪器。偶尔醒来和我们打打招呼,接着又睡了过去。所有食物都要在家里用搅拌机打成糊状送到医院,护士按规定分量,隔两个小时用一根管子从喉咙灌下去。医生说,病人现在卧床其实消耗量不大,有一些营养和维生素我们会给他输液的时候配进去,家属准备食物主要是一些基本的淀粉和蛋白质就可以了。这个道理其实谁都明白,像爷爷现在这样的状况,从喉咙里灌进去的是海参鱼翅,还是鸡蛋萝卜对他自己而言,已经没有什么好吃和不好吃的区别了,而且单从营养上来说,常规意义上价值昂贵的饮食未见得就比便宜的高出多少。

可奶奶还是总把最好的东西做给爷爷吃，老鳖、乌鱼天天不断，恨不得把满汉全席打成糊给爷爷喂下去。护士小姐都问："就数你们家送的糊糊最香，里面都放了什么呀？"二姑从大连回来过年，带来了一些海鲜。我看见奶奶在里面拣来拣去，挑出最大的鲍鱼和对虾，要做粥给爷爷吃。奶奶说："这都是他最喜欢吃的。"

忽然间，我明白了一人道理：你和谁一辈子在一起吃饭，是一件比什么都重要的事情。

所谓爱，就是开心时，你从他嘴边抢一块巧克力，当他躺在病床上，却想把你觉得世界上最好吃的东西都塞到他嘴里。

另一种爱的方式

赏析／杨　丹

爷爷奶奶之间爱的方式，让"我"有些不能理解，打破了原本"我"心目中恩爱夫妻相处的模式。比如说遇上特别好吃的东西，他们会当着"我"的面抢着吃，但"我"能感觉到他们之间的相处是愉快的。直到爷爷生病住进了医院，奶奶总是想尽办法做最好吃的东西，也不再和爷爷争抢。"我"忽然明白了，爷爷奶奶之间的爱是另一种不同的方式。

爱有很多种方式，我们感受到的都是真挚的情感，那是一种暖融融的感觉。

姥姥那棵 "太阳树"

把爱传下去

一条卵石铺成的林间小道
走过我记忆中的童年
路边的狗尾巴草
摇呀摇到了外婆家
两只躲躲闪闪的花蝴蝶
看上了妹妹头上的红绸
误以为是芭蕉树边
开得正旺的鸡冠花
三四只精明的小麻雀
不知道支著米筛的木棒上
那根绳子牵著
几双调皮的眼睛在说话
竹林里的溪边邻村阿姐
偷来了家中做的米酒
藏着笑着羞着
早已醉红了双颊
别离,在大山的臂弯里
外婆的手在久久地摇着,摇着
三十里叮咛
三十里牵挂

爱不是报答,而是传递。这不仅是外婆对儿孙的叮嘱,也是一位品格高尚的老人对世人的启迪!

把爱传下去

●译/霍革军

外婆专心致志地摆弄着她面前的银餐具。突然,她抬起头来很灿烂地笑着说:"我想躺下了,外公,你也来吗?"我们还没回过神,外婆已经站了起来,颤巍巍地走开了。而她要去哪儿,她已经不记得了。

七十二岁的外婆得了老年痴呆症。她已无法清晰地用语言表达她的想法。外婆曾是那样的才华出众,她精通五门外语;而现在她只能眼睁睁地看着她的技能、她的记忆慢慢地溜走。

一天晚上,我帮着摆桌子。我的外婆就像一只苍白弱小的飞蛾在我肘边晃动。"外婆,再拿两个就够了。"我用手指着碗柜里的碗说。她的手指先是指向碗,但突然却侧过去拿出了玻璃杯,好像是受了某种不可知的力量的支使,让她无法做出正确的选择。她满脸困惑的样子,差点儿把我弄哭了。

外婆那双手曾经为我挑选过书籍;她那双明亮的蓝眼睛曾赞许地鼓励我发展自己的爱好;她的耳朵曾倾听过我的快乐与愤怒。她是那样的爱我。

外婆的一生都在付出爱。她养育了三个女儿,帮助她们每一个发现自己独有的才能。她选择了教书:教那些想学语言的儿童,教残障儿童。她选择了和孩子们一起分享她的热情、她的幽默以及她多样化的教学方式。她看出他们的潜力,鼓励他们去发展自己的强项,并让他们自由地做出选择。她把爱、希望和生命都奉献给了孩子们。

一天，妈妈和我坐在早餐桌旁。外婆看起来很疲惫，但有一瞬间她比较清醒。妈妈对她说："你能听懂我们说的，却不能告诉我们你想的，这一定让你很痛苦。"

"是的，"外婆回答说。"有时候，我竭力想说快一点，想在我忘记之前，把它们都讲出来，但没有用。"她叹了口气，看着我妈妈的眼睛。"我不想我的生命就这样结束，但这却不是我所能选择的。"

妈妈开始哭泣。外婆伸出手臂，把她的女儿抱在怀中，安慰起来。

我记起几年前，我过生日时，外婆送给我的一份礼物：她为我准备的读大学的钱。我被她的重礼震惊了，"我怎样才能报答你呢，外婆？"我看着自己的鞋带，语无伦次地说。

她托起我的下巴，我们的目光相遇了。她说："约翰，你要做的并不是报答我，把爱传下去。"

我会的，外婆，谢谢你。

年华老去，博爱永存

赏析／秋　娟

岁月催人老，时光不仅带走了外婆那年轻、健康的身体，也带走了她清晰的思维，但时光并不能阻碍外婆对"我"的关怀，也不能带走她的善良和关怀弱者的品质。虽然她已经风烛残年，可依旧渴望为他人奉献，这种助人为乐的激情让世人感动。

在这篇质朴的文章中，作者向我们娓娓讲述了外婆善良、美丽、奉献的一生，我们仿佛看见这位可爱的老妇人就在眼前，她是那么亲切、坚强。

爱不是报答，而是传递。这不仅是外婆对儿孙的叮嘱，也是一位品格高尚的老人对世人的启迪！

我突然变得兴奋无比,就天天用画笔涂着一个关于冬天的故事,那树梅花,也在我的笔下慢慢地变着,变得五彩缤纷美不胜收。

难忘儿时画梅花

● 文/张玉庭

小时候我有个小名,叫"弯弯"。

小时候的我总不大喜欢冬天。不是吗?冬天虽然能溜冰,能堆雪人,却不能像春天那样到原野里放风筝,像夏天那样到小河里游泳,像秋天那样到屋檐下捉蛐蛐。

于是我问外婆:"冬天有多长?"外婆说:"九九八十一天!""天!这么长!"我立刻挺无奈地吐了吐舌头。

外婆猜到了我的心思,就在冬至那天画了一幅画贴在墙上,画上有八十一朵没上色的梅花,然后对我说:"从今天起,你每天用红笔涂一朵梅花,等到八十一朵全涂上颜色,冬天就过去了。"

我点了点头,挺佩服外婆的这个主意,就一天一天地涂;而每当我涂了一朵梅花,外婆也就笑着夸我:"瞧,涂得多美!小弯弯都能当画家了!"就这样过了好多天后,外婆又教了我一个新招:"弯弯!咱们换个花样,好吗?咱们用不同的颜色涂梅花——要是晴天,就涂红的,晴天有红红的太阳!要是刮风天,就涂黄色,刮风天风沙大,沙子是黄的!要是下雨天,你看怎么办?"我立刻说:"就涂绿的!雨水一淋,松树特别绿!要是下雪天,就涂白的,雪是白的!"见我兴致勃勃地来了精神,外婆咧开没牙的嘴,甜甜地笑了。

我突然变得兴奋无比,就天天用画笔涂着一个关于冬天的故事,那树梅花,也在我的笔下慢慢地变着,变得五彩缤纷美不胜收。

自然,当我涂满第八十一朵梅花的时候,冬天果然悄悄地走了!春天果然被小燕子从南方叼回来了,河边的柳树也悄悄地长出许多嫩绿的枝条,像个梳着好多好多绿色小辫儿的维吾尔族小姑娘!

这就是我的冬天!这就是一个关于冬天的美丽的童话!虽然不能到河里游泳,虽然不能到原野里放风筝,虽然不能到屋檐下捉蛐蛐,却有美丽的梅花陪着我——再后来,我就长大了,可惜,再也没有人那么亲切地喊我的小名"弯弯"了,自然,每当看到冬天的瑞雪,每当看到傲雪的梅花,我也就想起了外婆。

外婆的那幅画画得真美!外婆哄我的那个童话真甜!

呵,我的童话!那永远也不会长出皱纹的亮丽的童话!

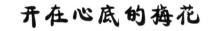

开在心底的梅花

赏析/秋 娟

冬天虽然能溜冰、堆雪人,可寒冷的天气让人不得不待在家里。小弯弯怎样度过这漫长的冬季呢?外婆为她带来了冬日的礼物——美丽的梅花!

在这篇文章中,作者回忆了自己和外婆共度的美好时光,文情并茂。外婆通过让作者每天画梅花,使冬季生活不再沉闷。梅花在小弯弯的笔下变得五彩缤纷美不胜收,生活也变得乐趣无穷。

虽然外婆已经离开了,但冬天的童话永远美丽甜蜜。

虽然她没有美丽的翅膀,也没有神奇的魔法,却能为大家排忧解难,带来希望。

天　使

文/[英]南希·麦克奎尔

　　三四岁的时候,我被妈妈故事中的天使迷住了。妈妈说,在我身边时刻都有着守护天使的陪伴。我对妈妈的话深信不疑。

　　坐在椅子上的时候,我总是设法挤出些地方给天使;躺在床上的时候,我和天使说着悄悄话,希望有一天能见到她。我脑子里清清楚楚地浮现着她的形象:她身着轻柔的白纱裙,有一对美丽的翅膀,浑身笼罩着神秘的光环。

　　六岁的时候,我在学校参加了耶稣降生宗教剧的演出,我对天使的迷恋在这一时期达到了顶点。妈妈在我脑子里填满的那些奇妙的人物故事,使我在爱尔兰老家度过了一个欢乐的童年,并使我日后成为一个白日梦者和乐观主义者。

相反,我的外婆根本不信这一切,她只知道不停地劳作,日复一日地为全家人操心吃喝。妈妈温柔而美丽,外婆则很刚强,只是看上去总是疲惫不堪。她是那时我所见到的最慈祥但却最不可理喻的女人:只相信行动,从不轻信言语。当我们隔壁邻居的女人半夜因小产而大出血时,妈妈陪在那个女人身旁,不停地哭泣,而外婆立刻跑到一英里半以外去找医生。

外婆是左邻右舍的人心目中的主心骨,人们免不了需要这样那样的帮助,而她则乐意帮助每一个人。我常常看到她给一些人家送去牛奶和食物。她自然、直率和慷慨,使接受帮助的人没有丝毫的难堪。她设法给我们做衣服,在毫无希望的时候,像变戏法一样给我们做出每一顿饭。

长大以后,我把对天使的迷恋转移到对天使的认真研究上来了,试图证明天使的真实存在。我约见那些声称见到过天使的人,听他们讲他们是如何从严重疾病中恢复过来,或如何奇迹般地躲过灾祸的。

有一个小男孩因为在全家人上火车前不停地拼命号哭,使全家都耽误了上火车,后来,那趟火车出了事。男孩说,在这之前,他看到了天使,她对他说,不要上那辆火车。

外婆不相信这个故事,她说:"如果真是这样的话,那么天使为什么不救每一个人呢?"

九年前,外婆死了。我心中似乎有什么东西崩塌了,她带走了被称之为生命力或活力的那种东西。没有人能代替她留给我的这种感觉。

日常报道中充斥的尽是罪恶、谋杀和痛苦,即使是在白天,我也时常感到脆弱和胆怯。我常常想像我三岁的女儿可能会遭到绑架或被人谋杀。我尽可能使她在我的监护之下。

外婆去世约一年后的某一天,我去加油站加油,交钱时发现皮夹不翼而飞。是丢了还是被偷了？眼泪不知不觉在我的眼眶里打转，这时，站在我身后的一个男子把一张十镑的纸币放到柜台上，安慰我说："别难过，这种事谁都有可能碰上。"还没等我明白过来对他说声谢谢，他就快步走开了。

这件事对我来说是个转折点，我发现我证明天使存在的立足点似乎摆错了。

生活中，天使无处不在。她会带着慈爱和真情在朋友、家庭或陌生人中间偶尔出现。当你意识到这点以后，你就能经常看到她，并受到感染和鼓舞。

天使没有美丽的翅膀，也不一定穿着柔和的纱裙，她肯定不是我孩提时想像的那个样子。她看上去也许是个餐馆招待员、教师或加油站的机械修理工。他们的行为像……对了，就像我的外婆那样。

我的女儿有时候问到我的外婆。前不久，她说："你的外婆现在变成了天使了吗？"我说："亲爱的，她一直就是个天使。"

外婆的天使心

赏析／秋　娟

这是一篇与众不同的作品。文中的外婆不仅慈祥、善良，而且坚强、勇敢，是一个非常有主见、热心肠、不畏艰难的老人。在遇到困难时，别的女人都用眼泪或幻想来应付，而外婆却果断地采取行动，她是大家的"主心骨"。虽然她没有美丽的翅膀，也没有神奇的魔法，却能为大家排忧解难，带来希望。

文中最后写道：作者长大后经历了一些事情，也遇到过像外婆那样助人为乐的人，这让她明白，真正的天使不是在传说中，而是在普通人的美丽心灵中。

热爱生活,善待他人,怀有追求,是多么明智和高尚的选择。

活着的一万零一条理由

●文/秦文君

不知是由于天性中的忧郁、孤独,还是因为成长时的受挫,有一段时间,我心里常会冒出许多有关生命的疑惑。而那时,我的外祖母已年届九十,银发飘飘,说话气喘吁吁,走路时双手不停地哆嗦,像被巨大的无形之手牵引着。但她却像一棵顽强的老树,勤勉地活着,将慈爱的笑容给予她所爱的人。

外祖母常说活着的理由有一万零一条,所以她才留恋生命,留恋满房间的阳光。当我追问究竟那一万零一条理由是什么时,她总是笑而不答,并让我自个儿去寻找答案。

我果真准备了个本子,到处找人攀谈,请他们说出活着的理由。很快,那些理由铺天盖地而来:

有个常来送信的邮差说,他活着是为了亲人,他爱他们,要与他们厮守,共度长长的一生;有个邻居是大学生,他说活着是为了荣誉和生命的尊严;我还问过一位陌生的过路人,他说为了不白白来人世一趟,他要到处走走看看,跋山涉水,去领略生命中的许多潜藏的景观,这就是他活着的理由。

最难忘的是一个身患绝症的少女,她长着圆圆的白白的脸,走路都已经弯着膝盖了,还常常出来坐在树下,倾听鸟儿的歌唱。她起初并不知晓自己的病情,后来有人说话不慎露出了口风,少女却没有为此哭泣,而是更长久地坐在树下,抱住她爱的树。很久很久以后,人们才发现她在树干上刻下三个字:我要活。

渐渐地,我那本子上记载的已有数百条了。过了一年,又变成了数千条。虽然远不及外祖母所说的那般浩瀚,但字里行间真挚动人,足以说明:热爱生活,善待他人,怀有追求,是多么明智和高尚的选择。

希望总在遥远的前方,具备放眼远望能力的人才能看到它。我曾听一位身世坎坷的少女说,十六岁那年她遭受了一次巨大的不白之冤,她发誓说,如果第九十九天她还讨不回清白,就毁灭自己。可到第九十天时,她看到了希望,及时修正了誓言。结果,她抗争了整整一年,终于得到了公正的结局。

断断续续好几年,我都认真地搜集着一条条"理由",终于有一天,我不再热衷于这方面的抄录,而且,我估计,也许那儿的理由已达到了一万条。

就在这时,外祖母病危,我赶到医院去看她。当时,她定定地睁着眼,侧着双耳,专注而又陶醉地聆听着什么,我悄声问她在听什么美妙的声音。

外祖母喃喃地说:"我在听心跳的声音。"

这何尝不是世上最美的音乐呢?生命多么辉煌灿烂,多么值得去珍惜。

我流着泪,郑重地将这第一万零一条活着的理由镌刻在心中,永远,永远……

世上最美的音乐

赏析／秋　娟

作者没有描写老祖母慈祥的外表,善良的灵魂,甚至没有浓墨重彩地叙述她对子孙的感情,却在无形中传达了一位高龄老人对子孙、对世人的忠告:珍爱生命。

人生不可能一帆风顺,老祖母一定也经历了很多风雨,有过很多得失,即使人到暮年,她依然乐观、坚强,充满希望。但她没有像说教那样把经验、教训传达给后代,因为活着的理由太多了,而她本身就象征了生命的美好——只有珍惜生命,才会享受更多。

哦，不光是你坟上的蔷薇，我心中的蔷薇早已盛开，外婆，我可以把它种在你的花园里吗？

我把蔷薇种在你的花园里

●文/午夜咖啡

我心中的蔷薇早已盛开，外婆，我可以把它种在你的花园里吗？

我常常想，天国的蔷薇是什么样子的。我不知道你在那儿看得到看不到蔷薇，大把大把的蔷薇。天国的花园也许只是用来种白玫瑰的，白得肃穆，白得庄重，白得让我流泪。你为什么就那么走了。匆匆的，来不及捧一大把蔷薇，那个时节，蔷薇还没有开放。看着那连花苞都没有的枯枝，我的眼泪欲流又止，等到蔷薇花开的时节，我一定会捧一大把到你的坟前。

那是一个秋夜，你坐在微微烛光里，戴着安详的老花镜为我赶制一件棉衣，你的眼睛微微眯着，使那本来就很多的皱纹又露了出来。你熟练地拿出针线，只是怎么也不能将那微细的线穿进针眼……

如果你不在，我会焦急地到处找，当你笑吟吟地举着雪糕过来了，我也笑了。只有一块，你笑眯眯地看着我津津有味地吃着，自己却用瓢从水缸里舀了点生水。我把身子背过去，怕你看见我眼里的泪光。你喝完水后，又马上生火做饭，一面吃力地拉着风箱，一面对我说，出去玩吧！待清幽的麦香飘出，你又迈出孱弱的步伐，把我找寻回家。

大雨似乎是不知时节的。一个漆黑的夜，大雨滂沱，我望着猛兽一般的天空张着大嘴，张牙舞爪地向我扑过来，我害怕了，忙躲进你的怀里。你拍着我的背说，小傻瓜，雨是大了些，不用怕，有外婆呢。那一晚上,你一直紧紧地抱着我,不敢松手。怕一松手,我就会掉进倾盆大雨中。天晴了,家乡的小路泥泞不堪。我执意要出去玩,你答应了,只不过你让我趴在你的背上,你背我出去玩。你说,新买的小鞋子,脏了多不好。我只能依你,后悔自己为什么要出去玩。看着你步履蹒跚地背着我走在乡间的小路上,我的心里真不是滋味。

你去世的那天,我玩到很晚才回到家,发现妈妈不在,问了邻居大妈,才知道我家有人去世了,可我真的没有想到是你!真的!我满不在乎地睡了一晚上。翌日早上才听爸爸说了实话,是你!真的是你!我开始放声大哭,一刻不停,直到我回到那熟悉的故土。

我把给你送葬那天的情形描述给你听,不知你在天堂有没有看到。我看到好多好多人在给你送行,他们的脸上都是一样的表情,都那么悲痛。他们送来的花圈足够排满一条街,他们送来的糕点摞起来比我还高三倍。

可是我宁愿不要那么多的糕点,我只想要你,要一个活生生的你。

我走进堂屋的正中央,在我常坐的一条凳子上,你躺在那儿,无声无息,我叫着扑过去喊:"外婆,你醒醒啊!我是你的乖外孙女,我从城里回来看你了。"等到确信我触到外婆冰凉的脸,我才说:"外婆,你干吗不理我?"这时从外面来了几个人,要把外婆带走,说是去火化,我不知道火化是什么意思。妈妈抽泣着说:"就是把你外婆烧成灰。""你们不能!"我冲上去死死拉住那几个人。但是妈妈把我拉开了。我只能站在一旁哭泣。

不久,我看见舅舅们抱着你的骨灰回来了。我们两个坚强的舅舅,两个硬朗的男子汉,在那一刻呼天抢地。"娘!娘!"他们大声呼唤着。

我看见很多人流下眼泪。我想找一朵白色的蔷薇戴在胸前,但是已经不可能了。你的骨灰被他们轻轻地放进一个大大的棺材里,然后"咣"一声,他们盖上了棺盖,我明白了,今生今世再也见不到你了!我又哭了,大片的眼泪顺着通红的脸颊流下来,淌过我的脖子,淌过我的棉衣,也淌过了我的心……

很久之后,我去你的坟上给你添点土。

我看见蔷薇。

一小片白色的蔷薇。

我把它们摘下来,我要把它们种在你的花园里。让你天天看着它们,天天念着它们,也好想起我这个淘气任性的外孙女。哦,不光是你坟上的蔷薇,我心中的蔷薇早已盛开,外婆,我可以把它种在你的花园里吗?

永不凋零的回忆

赏析／秋　娟

这像是一篇悼念外婆的祭文,语言柔美,情感忧伤。作者用一个个生活小事表现了外婆的和蔼可亲,表达了一个老者对孩子的爱:在夜里,外婆戴着老花眼镜为我做棉袄,她的双眼已经模糊得看不见针眼;在大雨过后的泥泞路上,她背着"我"外出游玩……这一幕幕往事,凝聚了祖孙情谊,像蔷薇花开放在"我"心里。虽然外婆已经不在人世,但她永远活在"我"心中!

那些每天被当做励志礼物的银色硬币,饱含着外婆对生活的信念和勇气,也饱含着外婆对我最无私,最深沉的爱。

银 色 硬 币

● 文/[美]Cyno Kerman

那年冬天,居住在美国西北部的我们刚经历了被称为"哥伦布暴风雪"的灾害性天气。无情的暴风雪和肆虐的狂风摧毁了很多房屋和树木。空气中弥漫着刺骨的寒冷,将我们的房子变成了一个冰窖。

父亲点燃了壁炉里的木柴,我们兄弟姐妹便一窝蜂似的跑到壁炉前面取暖。木头发出劈劈啪啪的响声,赤红的火舌舔着炉膛,我感到胸前逐渐暖和起来。然而,正当我闭上眼睛背对着火炉,享受炉火带来的惬意时,不幸降临了。不知何时,一个从壁炉里溅出的火星点燃了我棉睡衣的背后。等被发现时,火星变成火舌开始吞噬着我的睡衣。空气中夹杂着炭火味、棉絮烧糊的味道和我身上的肉被烧焦的味道。一阵剧痛后,我失去了知觉。

醒来时,我已躺在医院床上。医生告诉母亲,我左腿背部的皮肤和神经组织被严重烧伤。由于伤势很严重,医生严肃地对母亲说:"美洛蒂的伤势很重,植皮手术做完后,她的一只脚可能会僵硬,也就是说她只能一只脚走路。当然,幸运的话,她能恢复到不靠拐杖,一瘸一拐地走路。"母亲听到医生的警告后痛哭流涕。

腿上伤口的恢复是一个非常痛苦的过程。此后几个月,我每天都得换包扎伤口的纱布。其间,医生把我臀部的皮一点点植到了左腿烧伤部位。那是我有生以来身体经历过的最痛苦的时候。下半身的任何一点活动都会带来巨大的痛楚,要想站起来走路简直是天方夜谭。伤

把爱传下去·感动系列

口愈合的初始阶段,那种疼痛是常人无法忍受的。任何腿部活动对于我都是一种折磨,我只能整天静静地躺着。

外婆住在附近的小镇上,离我家有五英里远。我受伤后,外婆每天一大早就赶过来看我,直到傍晚才回她自己家,从未中断过。

外婆决不能接受我瘸着腿走路或者只用一只腿走路的想法,也绝不允许别人说这样的丧气话。她总是用她干枯的手抚摩着我的额头,说:"亲爱的,你一定会站起来,用双腿走路的!"那时候,外婆每天都去鼓励我,想出各种各样的办法来哄我活动那只伤脚。为了让外婆高兴,我宁愿忍着剧痛,噙着眼泪活动那只受伤的脚。

有一次,移动伤脚时产生的剧烈疼痛到了无法忍受的地步,我号啕大哭,决定放弃。我哭着对她说:"外婆,我的脚实在太痛了,我不想再走,永远也不想再动它一下。"

在我拒绝练习走路一天后,外婆带来了一个蓝色的布袋子。她对我神秘地笑了笑:"亲爱的,你知道这里面是什么吗?"

外婆拿起布袋摇了摇,里面传来悦耳的金属碰撞声。"哦,我知道了,是硬币。"外婆居然带了一袋子硬币过来。一个硬币对于一个小孩来说这可是一笔不小的数目,一个美分都能买到一把做成动物模样的果糖呢。躺在沙发上,我可以清楚地看到那个袋子里的那些鼓鼓囊囊的硬币。我从来没有见过那么多的硬币。它们让我想起那些美丽的果糖,我异常兴奋,忘记了疼痛。

外婆说:"你如果能站起来,我就奖给你一枚硬币。"我是多么渴望得到一枚硬币啊!所以,我忍着疼痛站了起来。外婆微笑着将一枚崭新的硬币放在了我的掌心。我很快又坐下,因为刺骨的疼痛噬咬着我的伤脚。外婆盯着我的眼睛说:"我这里还有很多硬币。就照着刚才那样做,亲爱的,再站起来一次。"我重新站了起来,外婆果然又在我的掌心上放了一枚崭新的硬币。

此后几个月,外婆每天都用这样的方法鼓励我站起来,鼓励我迈开步子。其间,我多次听到外婆对母亲说:"我对这孩子的未来始终充满信心,我绝不会看着她瘸腿或者单腿走路。"

一天,我问外婆:"外婆,如果您的硬币用完了该怎么办呢?"外婆微笑着对我坚定地说道:"亲爱的,不要担心外婆会用光硬币,我会把世界上所有的硬币都找来给你。"

奇迹真的出现了,一年后我居然可以在门口悠闲地散步,像所有健康的孩子那样轻轻松松、稳稳当当地走路。给我动过手术的医生看到我的变化后非常惊讶:"我治疗烧伤患者这么多年,从没有看到过一只严重烧伤的腿能恢复得如此彻底,真是奇迹!"

外婆去世的那年,我已经长成了大姑娘。那天从墓地返家的途中,母亲告诉我:"你外婆万万不能接受你成人后跛脚或单脚走路。她每天都向上帝祈祷,希望你能康复,像正常人那样走路。上帝听到了她的声音。"

"我知道她一直希望我能像健康人那样行走。"我说。接着,我问母亲:"妈妈,您知道外婆从哪里弄到那么多硬币吗?"母亲回答说:"你知道吗?外公去世后,她就靠着政府给的一点救济金过活,生活得非常拮据。外婆把毕生的积蓄和救济金都换成硬币给你了。"那一刻我泪流满面。

直到那时,我才明白,正是外婆给了我后半生的幸福。那些每天被当做励志礼物的银色硬币,饱含着外婆对生活的信念和勇气,也饱含着外婆对我最无私,最深沉的爱。

小小的硬币,无价的亲情

赏析／秋 娟

这是一篇催人泪下的心灵美文。小孙女不幸被火烧伤,面临残废的危险,外婆费尽心机鼓励她重新站立,并"不通人情"地要求她像常人一样行走,而这在医生看都不可能。但这位"固执"的老奶奶做到了,她不仅在精神上支持孙女,甚至用金钱"诱惑"她,而这一个个看似价钱不大的硬币,却传递了奶奶对生活的信念和勇气,以及对孙女深沉的爱。

全文选取生活细节，营造了一种忧伤的氛围，用神态和语言来揭示人物复杂的内心世界，恰到好处！

外　　婆

●文/龙　莱

　　外婆生了十一个孩子，一个也没留住——她眼睛几乎都哭瞎了。我妈妈是她抱养的，从她亲姐姐那儿——也就是我的亲外婆，可我们姐弟跟她仿佛也不大亲，喊她大婆婆。倒是外婆在我们眼里又亲又真，有什么好吃的好玩的，也只跟她缠，从来不在大婆婆跟前撒娇。大婆婆来我家时，总是安静地坐在椅子上，脸上挂着迷茫的笑，看我们几个孩子在她跟前奔来跑去，就是不靠近她，偶尔会叹息地看一眼我妈妈——我妈妈一直喊她姨妈，喊外婆妈妈。小时候，我弄不懂我怎么会有两个外婆，问我妈妈，她欲言又止，过一会儿她别过头去，揉了一下眼睛，说："有两个外婆不好吗？可是，就我一个人离他们最远。"我隐约懂得了什么，以后不再问了。终于有一次，听外婆提起妈妈抱来时才三个月大，我呆了很久。妈妈三个月时是什么样，一个啼哭的婴孩？就是她，后来成了我的妈妈——一想到这里，我就忍不住要掉泪。

　　外婆出嫁时，十八岁，一根乌黑油亮的独辫子垂在腰际，她坐在花轿里，手握扎着红头绳的辫梢，有无数心跳的憧憬，喜乐声喧，她明媚地笑了——外婆一生对她坐花轿出嫁时的情景都有非常清晰的记忆。可是这一天的幸福，怎抵得过她后来一连串的失子之痛？简直不知道是天灾还是人祸——她生了七子四女，一一夭亡，一次又一次的痛哭，使外婆的眼睛早早地混浊了，她看这个世界总像隔着一层东西,雾一般的哀和怨,透心彻骨的不解。有时候我看着外婆的身影,会有心悸的感觉,一次次抱着夭亡的孩子,摘心去肝的痛,她是怎么挺过来的?我不敢想,惟有泪湿地瞧着她。命运究竟是怎样的一种东西?它凭空让人吃这么多苦,是要做什么?我无数次地想,无数次不得其解。人生来是让人悲悯的吧。

外婆还是坚忍地活下来了。三十二岁那年,她抱养了我妈妈。我妈妈成了她一生的寄托和安慰。可是,抚养这个小女孩,也是惊心动魄。太紧张了,年轻的外公外婆已成了惊弓之鸟,抱着这新得的女婴,多么怕她会和先前的小冤家们一样扑棱着翅膀飞了,他们恨不得白天黑夜都睁着眼睛看着她——外婆守护了妈妈一生。妈妈长得很娇弱,不大爱说话,九岁那年出痧子,忌口不吃盐,过了几天,大约嘴里实在是淡得没味了,哭哭啼啼地要吃咸肉,外婆先不允,小女孩便汹涌地哭起来,外婆怕病中的女儿哭坏了眼睛,慌不迭蒸了一块咸肉让她吃了——到了晚上,小女孩恣肆地咳起来——作下了她一生的病根,哮喘。妈妈后来终身为哮喘折磨,是让人很伤痛的事。外婆一想起这件事,就唉声痛悔,低头看着自己的鞋尖落泪。我曾经为这件事替妈妈顿足遗憾,问她:"妈妈,你为什么要吃那块咸肉?要不然,我就有个好身体的妈妈了。"妈妈苦笑了一下,幽幽地说道:"这是命。"我当时就哭了。

差不多从刚懂事起,妈妈的病就对我有一种惊惧而强烈的刺激。冬天的时候,她喘得很厉害,躺在床上不能起,有一次大概是太痛苦了,她捶着枕头哀声道:"让我咽了这口气吧!"我们几个孩子一溜儿站在她床前哭,奶奶和外婆把我们一一抱了出去。爸爸领着医生来给妈妈打针,我们扒着门边看着,哭得一抽一抽的——我至今不喜欢冬天,正跟妈妈的病有关。上小学时,我还不会梳头,冬天穿上棉袄,胳膊更是弯不到头上去,都是妈妈给我梳。她靠在床上,我跪在床前的脚踏板上,头仰着让她梳,每一次都耗去她很大的体力,我清楚地听见她在喘着,心里是那样一种既幸福又难过的感受——我让妈妈替我把辫子辫紧些,这样梳一次头可以保持两三天,以免天天劳累她。

一般梳好的头睡过一夜觉,头发就有些毛了,可妈妈辫的辫子仍然硬挺挺的有形有状,我照旧摇头晃脑地顶着两根辫子去上学,没觉得有什么不妥。然而有一天,老师突然把一个没梳头的女同学揪到讲台上去了,用手狠狠地叉着她的头发:"麻雀窝,老坟头……明天再不梳,用钉耙锄你的头。"女同学杀猪似的哭喊起来,我想着我毛毛的发辫,吓得心几乎要从嗓子眼里飞出来——回家急促地告诉妈妈,妈妈说:"自己学着梳吧。"我爬到小板凳上,对着挂在墙上的镜子,练习起了梳头。在镜中,我看见妈妈鼓励地看着我——再没人给过我那样的眼神。妈妈的病,使她一生经历过多次生命的险关,最凶的一次在我六岁那年。我们姐弟被带到医院去和她告别,外婆和大婆婆在病房里无声地哭着,妈妈费力地挣扎着起身,看着我们,苍白的脸上滚下一行眼泪,她突然拉过被角,蒙头不看我们了——我一下炸裂似的哭起来,尖叫着,从没有过那样的惊恐,就像是看见了死神的巡逻,下死劲与他们争夺着什么。妈妈竟然从险关前冲过来了。她回家与我们团聚时,看着我们一只只脏脏的小手,又笑又泣,我们满心充溢着既幸福又羞涩的感情,站在她眼前,任凭她把我们洗弄干净。外婆曾不止一次地说过:"你妈要是那次就走了,你们几个孩子会更可怜。"

外婆一直认为,妈妈经过那一劫,以后再没什么可怕的了。外公去世后,外婆寡居了一段岁月,姐姐和我被相继派去陪她,很萧索的一段日月——在我心里有很深的烙印。姐姐上大学后,我回父母身边读高中,准备我的高考。外婆也携几只箱笼搬到我家,开始与我们生活在一起——家里的房子抛荒了,她尽量不去想,想起来还是有点难过的,毕竟是休门闭户了,她觉得对不起外公——一块手绢在眼边擦着,没有话。好在她心里有我妈妈,悉心照顾妈妈,成了她最甘愿做的事。白天,她协助妈妈料理家务,洗衣,摘菜,擦地板,妈妈有时候和她争着做,她不让,说:"我做这些又不吃力。把你累倒了,上医院,我魂就散了。"晚上,我们做作业时,她在灯下有滋有味地剥桂圆,熬莲子汤,端到床边给妈妈喝。有一段时间,流行胎盘滋补,爸爸托人给妈妈搞过多副胎盘,外婆每回都像得了宝贝一样,满怀深情地洗了又洗,炖给妈妈吃——这些琐事一做就是很多年,她永远尽心尽意,脸上挂着祈愿的笑。大婆婆每年来我们家住一两次,她和妈妈之间,有一种静态的温馨,她们话不多,彼此只要感觉到对方就在自己的跟前,就已经很愉快了——从来不去渲染她们之间的母女情分,却是那样割舍不断。大婆婆一双眼睛总是疼恋地看着妈妈,妈妈做家务时,从客厅忙到厨房,她就一直呆呆地看着她,有时我们突然叫她:"大婆婆!"她会吃一惊。在大婆婆面前,妈妈只是沉静地笑着,从不挥洒她的喜悦,但她整个人都是富有光泽的。有一次放学回家,我听到她们两个人在卧室里说话,妈妈问:"为什么单单把我送出来?"大婆婆道:"你妈不是对你很好吗?"妈妈道:"我妈对我是很好,可我还是要问,为什么单单把我送出来?"大婆婆停了一下,叹息道:"那时候你最小,你姐姐们都大了,你妈抱来怕养不活。我和你姨父也舍不得呀,在家哭呀……可是你妈太苦了,我们不帮她谁帮她?"妈妈低泣道:"姐姐妹妹们一个个都好好的,就我一个人有病,你不知道,这病都快把我磨死了。"大婆婆一下哽声道:"姑娘……"我不安地推开门,愣愣地瞧着她们,她们马上收起泪,一起含笑看着我。外婆也很愿意大婆婆来我家,毕竟是姐妹,在一起会有说不完的话题——说得最多的还是妈妈,我不止一次看见外婆握着手绢对大婆婆自怨道:"要是她不抱来跟我,兴许就不会有病了。我常常想,是我命不好,带累了她。"大婆婆眼圈儿一红:"你赶紧别这么想……"

我们姐弟长到十多岁时,妈妈的身体竟一年比一年好起来了,全家人都有种意外的欢喜。外婆嘴里整天念菩萨:"菩萨保佑,让我女儿长命百岁,我就马上死了也乐意。"我们说:"外婆,你不要这么说。"外婆虔诚地制止我们:"你们哪里知道,只要你妈身体好好的,带着你们给我送终,我这辈子还求什么?"妈妈身体相对安好了十年——我最留恋的一段家的岁月。

妈妈最后一次发病时,外婆刚过了八十岁,她不相信妈妈会走,和我们一道忙着伺候妈妈,每天念一百遍菩萨。这期间,大婆婆在家不慎跌了一跤,当天离世。妈妈去奔丧,哭喊出:"我的亲妈……"回来带病把自己关在房中,静静流泪——不久,病情再度恶化,被送进医院。病中,她拉住外婆的手:"我要走在你前面了,就怕将来家里来了新的人,你会受气。你要忍着些——我好丢不下……"外婆泪如雨下,哆嗦着:"不会,不会,我的儿!"

妈妈还是走了。她的生命以哮喘引起的心衰收梢——那冥冥中种下的病根。外婆哭倒在地。一个原本康健的老太太一下子枯弱了很多——我再次感到命运的残忍,却恨无恨处。爸爸再婚时,她又哭了,一个人走出屋子,严冬的风吹乱了她的头发,贴在脸上,和泪湿。我和姐姐出去陪她一道坐着,看风里的落叶刮过来刮过去,在地上欲去还留,似乎想说什么又什么都说不出。没有妈妈的日子真是冷。

今年外婆八十三,她对我说:"'八十三,不死鬼来搀。'搀去了也好,我就可以见到你妈、你外公还有你大婆婆了。"我哀伤而平静:"一定能见到吗?"外婆淡笑了一下:"当然能。我活着没有办法,死了还有谁能拦住我?"我再也忍不住了,眼泪夺眶而出——一向认为死亡是最绝情的东西,它使一切都归于结束,对于外婆,它却是另一种与亲人相聚生活的开始——我感到伤痛,也感到解脱。

亲　情

赏析／迎　伟

三个女人,一生剪不断理还乱的亲情,通过作者的所见所闻所感细腻地描述出来,简洁而富有个性的语言成功地塑造出三个女人的形象,令读者不得不感叹:人间最美是真情!

全文选取生活细节,营造了一种忧伤的氛围,用神态和语言来揭示人物复杂的内心世界,恰到好处!

"狡猾"的外婆撒了一个善意的谎言,为我们驱走了心头阴云。因为在这位慈爱的老人眼中,亲情才是真正的无价之宝呀!

一文不值的项链

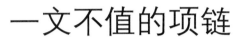

● 文/夏荫祖

这不是梦。

一天,我和德国姑娘瑞,同坐一架马车行走在山间小路上,马蹄敲击地面发出"的的笃笃"的音乐般动听的声音。一路上我又不断介绍些风土人情,瑞玩得很开心。

突然,路边蹿出三四个壮汉,跳上马车,抢走我的包,还抢走瑞的一条项链。我立马跳下车追赶这伙大盗,可身前是一片接一片的高粱地……

回到宾馆,瑞很沮丧地告诉我:这是一条嵌有祖母绿宝石的项链,是外婆留给她的传家宝。我立即为她报了警。她又心情沉重地打电话告诉外婆:项链被人抢了!听得出来,外婆一怔,重复一句:项链被人抢了?! 随即咯咯朗笑:抢了拉倒,这是一条一文不值的假项链,那颗祖母绿宝石不过是颗玻璃球,别放在心上,尽情地玩吧!瑞听得笑了,连我也从耳机里听到朗朗笑声,也被感染了。

第二天,我又陪瑞高高兴兴痛痛快快地玩,一连五天,我们爬山涉水,相依相偎,连吃东西也是你推我让或是一人一半。她有点离不开我我也有点离不开她似的。她还劝我大学毕业后到德国读博士……当然,我们没有再提那条一文不值的项链。

没有不散的筵席。终于说好明天分手,晚上,便进舞厅跳个痛快。正当我们手牵手面贴面尽情欢跳时,广播响起来了:"德国姑娘瑞,请速到总经理办公室……"

"什么事？"我陪瑞来到总经理办公室。

女经理手托一条金项链："你的吗？"

"是的，离开我好几天了，咋到你手里？"

"这位古董商送来的。"

"古董商？"我和瑞如坠雾海。

"昨日，一个小伙子拿这项链来出售，我一看吃了一惊，连忙报了警。经公安人员审查，果然是抢来的。据报警电话，公安人员陪我送来了。"古董商不无惊讶，"这是一条价值连城的项链，在你们德国也是稀世珍宝呀！"

我和瑞惊呆了：是古董商看走眼了？瑞忙拨通电话，只听那边仍是朗朗笑声：外婆不骗你，你能玩得这么痛快吗？

外婆，可亲可爱的外婆！我和瑞眼内都沁出了泪花……

祖母的"稀世珍宝"

赏析／秋　娟

这是一篇关于亲情、爱与金钱的美文。"我"和德国姑娘瑞在旅行途中遭遇抢劫，一条外婆送给瑞的贵重项链被劫走，本该快乐的行程变得阴云密布。"狡猾"的外婆撒了一个善意的谎言，为我们驱走了心头阴云。因为在这位慈爱的老人眼中，亲情才是真正的无价之宝呀！

作者没有过多地描写外婆的慈爱，也没有渲染祖孙情感，却通过寥寥几笔外婆在整个事件中的反映，刻画了一个可爱、可敬、聪明的老人形象，让人开怀一笑，又深受感动。

实际上,多年来,这个倔强的老头儿一直都在惦记着自己的骨肉,只是固执地不去承认。

爱流淌在风雪圣诞夜

● 文/[美]杰克斯·斯屈特　西蒙　译

我十二岁那年是家里生活最贫困的时候。妈妈让我去明尼苏达州的外公家,我正是长身体的年龄,必须吃饱饭。外公家在小镇的农场上,虽然不富裕,但吃是不用愁的。

我并不情愿,可还是独自坐上开往明尼苏达的火车。我从未见过外公外婆,母亲是他们惟一的女儿。听说外婆慈祥,而外公是个古怪的老头。他会讨厌我吗?

外公外婆接到了我。外公身体健壮,蓝眼睛冷冰冰。他握住我的胳膊,打量着我生硬地说:"瘦得像柴禾,你那老子怎么给你起这样古怪的名字,杰克斯?哈!"那嘲讽的语气差点把我气哭了,倒是外婆激动地把我搂在怀里。

外公家让我觉得压抑。他的脸像冬天的天空,阴沉冰冷。他逼我早早起床挤牛奶,逼我吃下我最不喜欢的胡萝卜。我们互不搭理,外婆在我们之间调和。外公总对我说:"不许进我的房间!"

圣诞节的前一天,没活可干。外公外婆出去置办圣诞节用品,我趁机推开了外公的门。房间古朴整洁,窗帘紧闭,光线很暗,如外公的脸一样冒着冷气。床头挂着一张很大的我母亲的照片。旁边还有许多小照片,是母亲少年时骑马的、劳动的。书桌上有本发黄的日记,我随手翻到了最后一页:"十一月二日,杰克斯来了。老天,他长得太像他妈妈了,尤其是那双眼睛,还有那倔强的脾气……"

"谁叫你进来的！"一声怒吼吓得我的心陡然狂跳，是外公。他不知何时站到门口，眼睛里射出怒火。

外婆闻声赶来。我离开了房间，我想，外公一定会扒了我的皮。我决定偷偷坐火车回到纽约的家里。天冷极了，我没敢上楼去拿大衣，因为要经过外公的房间。我用沙发上的报纸一层层裹在身上、袖子里，迎着风雪出门了。到火车站时，天已全黑下来，我开始后悔。辨不清去纽约的火车，我只好在墙角燃堆火取暖。圣诞夜，小站几乎没人影，偶尔有火车鸣叫和呼呼风声。肚子咕咕叫着，我开始打盹……

"去纽约的火车今天已经没有了！"一个声音把我叫醒，是外公。

我们大眼瞪着小眼。良久，外公打破了沉默："一个老头想说抱歉，可又不知道怎么开口……孩子，跟我回去好吗？"说着，向我伸出大手。外公第一次这样慈爱地和我说话。我的泪顿时溢满眼眶。

外公告诉我，外婆担心地在哭，说这是最糟的一个圣诞节。外公还说，十五年前妈妈违背他嫁给贫穷的爸爸，他一气之下不准妈妈再回家，从此外婆脸上便没了笑容。他一直后悔。自从我来了后，昔日的光彩又回到外婆身上……他说他很感激我。

我的心里掀起阵阵波澜，我要向外公道歉，哽咽着却被外公拦住了，"别说，我知道你的心情，咱俩是'难兄难弟'。"

我紧紧握住外公的手，我们成了可以交心的朋友。这个秘密只有我们俩知道。

回到家时，外婆靠在沙发上睡着了，眼角挂着泪痕。"是我们这两个坏蛋把外婆给气哭了。我们送她一件圣诞礼物弥补吧！"外公小声说。可送什么礼物呢？外婆一直希望把她的风琴捐给镇上的教堂，因为教堂的风琴太破旧了。"不如我们连夜将风琴送到教堂去，给她一个惊喜！"外公孩子般眨着眼。

我们将风琴用塑料布裹好，抬到拖拉机上。风雪劈头盖脸地横扫而来，让人无法睁眼。拖拉机冲进玉米田，玉米秆咔咔嚓嚓地被压断，我惊恐大叫："外公，我们是不是迷路了？"

"迷路？我在这里生活了一辈子，闭着眼也能走！"外公自信地说。

他的话让我变得十分勇敢。当我们将风琴搬入教堂时,我们都成了雪人,可我们开心极了。

第二天我们拉起外婆去教堂。里面早已聚满人,我们进去时,掌声四起。外婆一眼就看见了放在教堂中央的那架她十分熟悉的风琴,"马克,谢谢!"外婆深情地望着外公。

那天,我和外公一起坐在风琴前为教堂的人们,特别是为外婆演奏了一曲《爱洒人间》。动听的旋律回荡在教堂上空,回荡在我幼小的心灵里,我分明看到外公嘴角挂着少有的笑容,外婆眼里闪着晶莹的泪花……

多少年过去了,每到圣诞节我都会想起那首曲子:"……让我们的心灵学会宽容,因为我们血液里流淌的是爱……"

倔老头的软心肠

赏析／秋 娟

"我"的外公深爱女儿,担心她过苦日子,于是用激烈的方式阻止女儿的婚事,但结果却适得其反,父女关系冰冻数年。但这不妨碍他继续爱女儿,爱"我"。实际上,多年来,这个倔强的老头儿一直都在惦记着自己的骨肉,只是固执地不去承认。有趣的是,他的日记本暴露了他的秘密。

本文风格轻松、幽默,极富感染力,就在这"紧张"的父子、祖孙关系中,一个可爱可敬的小老头儿跃然于纸上。

　　我是蚌，谎言是砂石，因为外婆，使我能够执著地坚持将粗糙的砂石变成美丽的珍珠。

还　　愿

●文/孙玉砚

　　真没想到，一个谎言，竟改变了我的一生。

　　我从小由外婆带大，是外婆精心培植的一株小苗。她盼望的是我走向成熟和收获的那一天，即考上大学跳出农门。我从小学到初中一直是捧着奖状度过的。这常常令家人十分欣慰。

　　进入高中后，繁忙的学习和朦胧的爱情不期而遇了。我的学习成绩直线下降，期末考试我跌到了班上后十名。外婆因此病倒了，而我却没有回去看她。

　　上到高三那年，我的成绩一落再落，有两门功课还亮了红灯。这一年，外婆一直病不离身。母亲来校给我送东西时，常常提到外婆的病情，我却从未在意。直到有一天母亲匆匆赶来，告诉我外婆病危的消息。

　　当我赶到医院时，外婆已处于弥留状态，但她还是拉着我的手，不停地问："砚子考上了吗？"母亲望望我，低头附在外婆的耳边，哽咽着说："她考上了，考上了。"外婆脸上绽出了一丝欣慰的笑，我与母亲却泪如雨下。两天后，外婆平静地去了。她老人家终究未能看见我实现她的愿望。在以后的日子里，这个谎言一直深深地刺痛着我的心，使我在痛苦中醒悟过来。

　　回校后，我收起了所有的情感，开始了另一种有意义的拼搏。在很多寂静的深夜里，我从书本上抬起酸胀的双眼，外婆的音容笑貌仿佛就在月光中浮了起来,心中便感到隐隐作痛,于是又坚持学下去。那一年高考时,我以五分之差落榜。我没有放弃,也不敢放弃。我知道,放弃了努力,我将终生逃不出那个谎言的阴影。我进行了又一次不懈的拼搏和努力,又经历了数百个早起晚睡的日子。八月,我来到外婆坟前,轻轻放下刚刚收到的录取通知书,放声大哭。

记得有一篇文章里说过,当砂石进入蚌体内时,它曾经那样痛苦不安,最后在它不断的磨砺与挣扎中,那粒粗糙的砂石竟然变成了一颗晶莹夺目的珍珠。

我是蚌,谎言是砂石,因为外婆,使我能够执著地坚持将粗糙的砂石变成美丽的珍珠。

变成珍珠的砂石

赏析／秋 娟

外婆已经年迈,她也许不能享受孙女的福,但她却热切渴望孙女获得成功、过得幸福。很多长辈对后代都无比关怀,但他们从不直白地表达。

在这篇文章中,作者没有着力刻画外婆对"我"的爱,但一两件事例就足以表现老人对孩子的关心。从外婆因"我"成绩下滑而病倒,到弥留之际对"我"升学的惦念,可见在外婆内心处,她是多么牵挂"我"。最后,与其说"我"还了外婆的愿,莫如说在外婆的关怀中,"我"终于实现了自己的愿望。

庄园成了废墟并不可怕,可怕的是,你的眼睛失去了光泽,一天一天地老去。一双老去的眼睛,怎么能看得见希望……

别让眼睛老去

● 文/潘 炫

一夜之间,一场雷电引发的山火烧毁了美丽的"森林庄园",刚刚从祖父那里继承了这座庄园的保罗·迪克陷入了一筹莫展的境地。

他经受不住打击,闭门不出,茶饭不思,眼睛熬出了血丝。

一个多月过去了,年已古稀的外祖母获悉此事,意味深长地对保罗说:"小伙子,庄园成了废墟并不可怕,可怕的是,你的眼睛失去了光泽,一天一天地老去。一双老去的眼睛,怎么能看得见希望……"

保罗在外祖母的说服下,一个人走出了庄园。

他漫无目的地闲逛,在一条街道的拐弯处,他看到一家店铺的门前人头攒动。原来是一些家庭主妇正在排队购买木炭。那一块块躺在纸箱里的木炭忽然让保罗的眼睛一亮,他看到了一线希望。

在接下来的两个星期里,保罗雇了几名烧炭工,将庄园里烧焦的树木加工成优质的木炭,送到集市上的木炭经销店。

结果,木炭被抢购一空,他因此得到了一笔不菲的收入。然后他用这笔收入购买了一大批新树苗,一个新的庄园初具规模了。几年以后,"森林庄园"再度绿意盎然。

别让眼睛老去,才不会让心灵荒芜。

心灵开启希望之光

赏析／秋　娟

　　人生难免遇到困难和挫折,年已古稀的外祖母在经历这些后,已经变得睿智、豁达、心胸开朗。金钱、名誉都是身外之物,只有快乐、充实的心态才是无价之宝。所以,当一场大火烧光了保罗的庄园,他为此闷闷不乐时,祖母用只言片语擦亮了他的眼睛,也打开了他心灵的枷锁,并激励他重新开创新生活。虽然文中没有祖母的长篇大论,但她的每句话都是金玉良言呀!

地上的积雪依偎在夕阳余晖的怀抱中是那么地娇柔可爱,这雪天的风景竟是如此的明朗。

蔚蓝色的爱

● 文/刘时佳

　　我企盼雪天,因为我深信这些银白色的宠儿是植在天国里外婆对我的思念和爱的土壤里的。到一定的时节,外婆就会将它们采摘下来,轻轻播到我头顶的这片天空中,让它们飘悠悠地提醒我:"天冷了,快快围上那条外婆给你织的围巾吧!"

　　于是,我围上了这条围巾,冻僵的思绪被融化了,缓缓地流回了三年前那个飘雪的冬天

　　"佳佳,外边下雪了,冷吧?"我一进门,外婆就望着我冻得通红的小脸,心疼地问。"嗯,还不算太冷,我从学校到家不过才十分钟的

路。"我故作轻松地回答。长期不能和母亲生活在一起的我已经学会了忍耐。在学校里,每当同学戴着家人给织的五颜六色的大围巾飘荡在我眼前时,我心底确实泛起阵阵嫉妒的涟漪。我不曾有过这样的围巾,可是我也不曾抱怨过,因为我身边只有外公和外婆两位年逾八旬的老人。他们尽了自己最大的努力为我营造了一个温馨的家,这一切使得我不能再张口提出更多的要求了。

"佳佳,你看这是什么?"寻着外婆的声音看去,"呀,好漂亮的毛线!"淡淡的蓝,宁谧而飘逸,是我最喜欢的颜色。"外婆,是给我的吗?"我兴奋地问。"嗯,外婆给你织一条大围巾好吗?""太棒了!"年幼的我并没有想得太多。

难熬的等待。终于在那年冬季的第二个雪天,外婆送给了我一缕蔚蓝色的欣喜。我动情地捧着它,它蓝得那么清纯,那么可爱,好似那乡村清晨的天。

外婆问我暖和吗?我说:"暖和,特别暖和。"外婆舒心地笑了。外婆又问我喜欢吗?我说:"喜欢,太喜欢了,太美了……"我已无法用语言来表达内心的喜悦。"喜欢就好,喜欢就好。"外婆脸上又露出那舒心的笑。"咳!咳咳!咳……""外婆,您怎么啦?""没什么,我累了,想躺一会儿。"

谁知道,外婆这一躺,就再没有从床上起来。一年后,同样的一个雪天,外婆永远地离开了我。外婆走得那样的平静,那样的匆忙,我来不及再为她梳一梳头发,再为她斟一杯水,甚至来不及再为她掖一掖肩头的被子……

外婆走了,我的心成了飘在空中的孤零零的纸鸢。我独自一人倚在窗前,对着那将落的太阳,手中捧着那片蔚蓝。突然,我的眼前一闪,是太阳的余晖聚集在我围巾的一根丝线上,亮闪闪的。我用手慢慢捋着这映出夕阳余晖的丝线,仔细地欣赏。刹时,我惊异地发现,不,这不是毛线里的银丝,而是外婆的一根白发!再细细地在围巾上搜索了一遍,竟又发现了许多。这时耳边好像又响起了外婆的声音:"这围巾里织进了外婆对你的爱呀!"啊!外婆……对着那抹将逝去的

把爱传下去

感动系列

余晖,我泪流满面。

　　这时,我才发现地上的积雪依偎在夕阳余晖的怀抱中是那么地娇柔可爱,这雪天的风景竟是如此的明朗。我将怀中的那朵蔚蓝搂得更紧了。那些银发是外婆有意编织上的还是无意中牵带进去的,我已无法知道了。对着那片夕阳,我手捧那片蔚蓝,在心中默默地说一声:"外婆,我终于读懂了这蔚蓝色的爱!"

围巾里的爱

赏析／杨　丹

　　有人喜欢雪天,是期盼可以堆一个可爱的雪人,可以在雪中嬉戏打闹。可"我"期盼雪天的到来,是因为可以带上外婆亲手织的蓝色围巾,那不是一条普通的围巾,围巾里的温暖蕴涵的是外婆对"我"深深的疼爱。外婆虽然走了,但"我"依然能感受到无尽的思念。

　　不知你是不是也有一条和故事中的"我"那样的围巾,也许不是外婆而是奶奶织的,那你感受到那份特殊的温暖了吗?

我这棵小小的白杨,沐浴着姥姥撒下的阳光,也一定会长成蓊郁参天的白杨!

姥姥那棵"太阳树"

●文/杨　利

　　小时候,祖辈生活的小镇就叫大杨树。据说是因为长满密密匝匝的白杨树而得名。阳光透过树枝、树叶射向四方,我又叫它们"太阳树"。

　　在我的生命中,大概是生长在"太阳树"下的日子,最为难忘。

　　小的时候,我和姥姥生活在一起。那时,家里很穷,父母工作又忙,便把我送到大杨树——姥姥一直生活的小镇上将我寄养。姥姥家的日子也很窘迫,但拮据的生活却并没有将我童年的快乐泯灭……

春 之 恋

　　初春,小院里的杨树刚刚吐出新芽,和煦的阳光透过白杨树的枝条,暖暖地照在身上。

　　姥姥总是在这时,左手挎上小筐篮,右手牵着她心爱的小外孙,来到河边的野甸子上挖蒲公英。刚到甸子时, 我总是挣脱姥姥的大手,独自在甸子上跑着、跳着,似乎找到了渴望已久的自由。玩累了,姥姥的小筐篮也盛满了甜蜜:姥姥总是像变戏法似的拿出妈妈从城里捎给我的食物。我便会噘起小嘴,在姥姥脸上嘬上一小口。这时,幸福的笑容便会一同浮现在河边野甸子上一老一小的脸上。

　　其实,我那时并不了解姥姥为啥总带我去甸子上挖蒲公英。饱餐

把爱传下去 感动系列

之后的我只会坐在那里念着姥姥教我的歌谣:"婆婆丁,开黄花……"回到家里,新鲜的蒲公英便会成为一家老小的美味佳肴。我也曾偷偷尝上一两口,苦苦的,涩涩的。姥姥便会告诉我,"苦过之后就是清香。其实,人这一辈子,不也是这样?!"

那时的我还理解不了这话的深度,直到有一天,真正体会它的含义时,才发现姥姥就像满天的日光,时时哺育着我这棵刚刚吐芽的小树!

夏 之 爱

当炎热伴着鸣蝉的聒噪降临世间的时候,强烈的阳光总是刺得人睁不开眼。

每到中午,我都会被姥姥逼着睡午觉,可又怎么睡得着呢?恐怕连老天也想像不出,五六岁的孩子会玩出什么花样来。姥姥不在的时候,我便偷偷地起来,兀自玩着能给自己带来乐趣的"玩具"。一听到外面传来姥姥的脚步声,又马上卧倒,"继续"打起呼噜来。可我的把戏总也混不过对我了如指掌的姥姥,每到这时,姥姥便会在我的小屁股上轻轻地拍上一下,哄我入睡。那古朴的摇篮曲总是和着窗外的蝉鸣声一同伴我进入梦乡。

过了晌午,暑气稍稍退去一些。我便躲在"太阳树"的浓阴之下,姥姥也在这里早早地为我做起棉衣来。我总是好奇地问:"姥,为啥大热天里做棉衣?"每每这时,姥姥便会抚着我的小脑瓜,笑着解释:"上了秋,就忙咯。咱北方的天,又冷得早……"我就会拿起大蒲扇在姥姥身边轻轻地扇啊扇,看着姥姥将洁白的棉花捋成均匀的一朵朵,絮上厚厚的一层,仿佛要把满天的日光和对外孙的爱也一丝丝、一片片地铺进去。

多少年过去了,直到再也穿不上姥姥亲手做的棉衣,才感到其实她对我的爱也正像太阳对杨树的宠爱,没有一些保留,没有一丝偏心……

秋 之 思

记忆中的秋天总是好的,太阳失去了夏日的火辣,取而代之的是秋日的和暖。披了金晖的"太阳树"和黄澄澄的麦海映衬在一起,微风吹来,甚是美丽。

秋天是万物成熟的季节,连空气中都弥漫着淡淡的香气。秋忙过后,我捧着刚出锅的玉米,香香甜甜。看到我大口大口地嚼着,姥姥布满皱纹的脸上便会浮现出慈祥的笑容。

可是有一回,姥姥煮了一大锅玉米便匆匆下地干活去了,留我一人在家。傍晚,姥姥拖着疲惫的身子刚迈进家门便看见了满地狼藉的玉米棒。她气得哆嗦着嘴唇,一把扯过我,高高地扬起那布满老茧的手。我被吓哭了,可巴掌却轻轻地落在我背上。耳边,飘来的是嗔怒又慈爱的声音:"庄稼就是咱乡下人的命根儿,可不能……"

多少年过去了,始终不曾忘怀的仍是那醇厚的玉米香和姥姥那句"庄稼就是咱乡下人的命根儿……"

冬 之 情

冬天,天和地白成一片,有人偏爱这份白,这份素。而我却不然——我是在冬天离开姥姥的,始终不能割舍掉对姥姥的那片情……

岁月悠悠,往事如烟,童年在姥姥的甘露滋润下远逝。我长大了,要到镇子外面上学去,因为有一个更广阔的天空、更多彩的世界等待我去了解,去探索。妈妈接我的那一天,我死命地拽着姥姥,不肯跟妈妈走,可后来终究没有拗到底,我哭喊着让姥姥和我一起走,可她却说离不开生活的这个镇子。

就在我离开镇子的第二个冬天,姥姥去世的噩耗传来。我再次回去,天空正无情地刮着风雪。姥姥穿着一身白衣服,白得刺眼白得怕人。她静静地躺在那里。外面，天是白的，地是白的，房子是白的，阳光也是苍白的。我燃起一枝香，香雾袅袅直上，泪光中又见姥姥，虽然她已离我远去，可我相信，隔着厚厚的墓碑，姥姥的灵魂仍时时关注着我。甸子上，寒风又一次地吹来，但香火不灭。

不知过了多久，泪尽了，眼前的"太阳树"淡淡的，静得看不出一丝颤动，连同四周的微光，看起来竟有一些凄楚。

凄冷的冬夜，空气似乎也凝固成苍白色了。回来的路上，雪正大，风更狂，可我却要挺直脊梁。我知道，有了姥姥这轮太阳的照射，我这棵小树会茁壮地成长！

离开姥姥的庇护，我也渐渐地长大，渐渐走向成熟了。初中毕业的那个夏天，再次回到那个小镇。高高的"太阳树"在红彤彤的夕阳下，依旧明朗清新，镇外的世界也是一片金黄——我这棵小小的白杨，沐浴着姥姥撒下的阳光，也一定会长成葱郁参天的白杨！

真情四季常青

赏析／秋　娟

朴素的文字之中彰显了朴素且深厚的感情。文章中很多细节的描写是文章的精妙之处，特别是对奶奶的语言及动作，神态的描写，足以知道祖孙的深厚感情。文章以"白杨树"作为线索，以"四季"做承接，使文章很流畅。最后作者把"我"比做小白杨，要在姥姥的关爱下茁壮成长，再现对姥姥的爱和怀恋。

有些时候，爱，也需要"藏"起来。

菜 团 子

● 文/刘东伟

清明时节雨纷纷，路上行人欲断魂。

清明这天，怀着沉重的心情，我去拜祭我的外婆。外婆的坟就埋在村子前面，远远望去，一抔丘土，满目凄凉，目睹坟茔，几点纸灰，低空飞旋。我默默地立在坟茔前，眼前浮现出外婆慈蔼的面庞，心中缓缓涌动着一股暖流。

二〇〇一年春天，外婆无限依恋地看了一眼她生存了七十三个春秋的尘世，永远地阖上了眼睛。而当时，我还远在省城学习。那天本来天气晴朗的很，到了下午突然起了大风，风卷黄沙，扑人鼻目。我猛然觉得有什么不测要发生，记得第二天就是外婆的生日了，我本想利用下午的时间，在商场好好转转，给她买点合适的礼物。最后，我给她老人家扯了一丈花格蓝布，因为外婆曾经给我说过，她最大的遗憾就是嫁给姥爷时，没有穿上一件像样的花格袄。这块布虽花不了多少钱，但我想，它在外婆心目中肯定分量不轻。然而，我的双脚刚刚踏上家乡的土地，一个突如其来的噩耗把我震呆了……外婆离开了人世！

其实，外婆病重的消息，我是知道的。但不知怎么，在我心里，从没想过她会真的离我们而去。我颤抖着双手，将那块花格布披在她的坟上，哽咽道：外婆，你把它带去吧。

外婆的死，对我的打击很大，因为我从小是在外婆家长大的，她对我的呵护、慈爱，我终生难忘。

记得有一次，我和小舅打架，那年我七岁，小舅九岁，我一赌气，跑了出去。我有四个舅舅，三舅和小舅与我的年龄差不多，都是小孩子，平时常在一块玩。但我虽然小，却隐隐懂得寄人篱下的道理，觉得自己不该这么没出息，真想一走了之。那天夜里，还下着大雨，我躲在村后的玉米地里，外婆沙哑的呼叫声从雨中传来，突然，我听到她"哎呀"一声，忍不住从地里钻了出来，看到外婆浑身泥泞地趴在地上。她见了我，挣扎着起来，把我紧紧搂在怀里。

我被雨水淋感冒了，烧得很厉害，一连打了几针，才退了烧，但身子却虚得很，软得像个棉花团，下不了床。外婆见我退了烧，脸上有了笑容，说，外孙啊，今天外婆给你做好饭吃。我说什么好饭？她乜了一眼小舅他们，向我眨眨眼，没说。

饭熟了，却是一锅菜团子。这哪是什么好饭啊，我顿时没了胃口。外婆在里面挑了一个递给我，说，吃吧，吃上它，你的身体就好多了。我偏头一看，小舅他们都在外屋大口大口地吃呢，于是，也咬了一口，第一口没觉怎么样，咬了几口，突然觉得里面的馅有问题。原来，团子里面裹着鸡肉！那鸡肉的香味，顺着牙齿直浸心肺，一下子把我的馋劲钩了上来。我一气竟吃了三个大团子，那顿饭，真的是我有生以来，吃过的最好的一顿。

原来，外婆把家里惟一下蛋的那只老母鸡宰了。本来那只母鸡是很敬业的，最少三天准下两个蛋，攒上一阵，就够小舅和三舅上学的费用了，有时还能给我扯几尺鞋布回来。但那时我没多想，只觉得鸡肉真香。

接连几天，顿顿吃着鸡肉团子，吃得我的小脸不住劲地往外圆。那天，我吃完团子后，把嘴一抹跳下地来，正看见小舅在外闹着，说，娘，团子有啥好吃的，你天天让我吃这个。我说，小舅，团子很好吃啊，你看我。说着，我拍着滚圆的肚子走出来。小舅赌气地将一个团子往地上一摔，说：难吃死啦。那团子摔在地上，馅都掉了出来，却是一些糠菜。我呆了，问：小舅，你天天吃这个？小舅说：是啊，难道你吃的不是？我没说话，而是紧盯着外婆。外婆扭过头去，避开我的目光。我什么都明白了,我猛地扑在她老人家身上,哽咽一声:外婆……却再也说不出话来……

　　一晃二十几年过去了,然而这件事,却永远珍藏在我的心中,因此,无论我走到哪里,遥望家乡时,总能想起渐渐年迈的外婆,可是,我再也见不到她了。

　　细雨霏霏,哀思不断,面对那一抔黄土,我的泪眼模糊。姥姥,外孙来看你啦,你还给我做菜团子吗?

藏起来的爱

赏析/迎　伟

　　艰难的岁月,姥姥用菜团子裹鸡肉让我恢复了健康,也让我体验到了不一般的爱, 本文突出的特点是在不动声色的叙事中抒发对姥姥真挚的情感,富有较强的时代气息和生活气息。也让我们知道:有些时候,爱,也需要"藏"起来。

外公没有给剩下的那只天鹅再找个伴，是因为在他心里，他就是那只天鹅，他要永远守候与外婆的爱。

如天鹅般终身为伴

● 文/[美]阿兰·德斯　西窗烛　译

大学二年级就快结束了。五月最后一个星期一个闷热的晚上，母亲打电话到我宿舍来，想让我去外公外婆那儿度暑假，帮他们搞搞农场的活。她说这样安排对全家都有好处。我听了并不十分心服，但想想不过是一个夏天而已，明年就该轮我小弟去了。

就这样在农场里很闲适地过了一段时间，六月的最后一个星期六，外公提议去钓鱼，因为事情都赶着做完了。池塘在林子附近的牧场。几年前外公已经在里面放了鱼苗。那天我们开了那辆小货车去池塘，一路上还查看了牲畜的情况。那天上午到达池塘时见到了一件意外的事：一只天鹅死了。这是一对中的一只，这对天鹅是外公外婆结婚五十周年时外公送给外婆的。

我说："干吗不再买一只，那可以弥补一下这种状况。"外公想了一会儿才回答说："不，不那么简单，布鲁斯。你知道吗，天鹅是终生为伴的。"他一手拿着钓竿，另一手抬起来指了一指，"对于留下来的这只我们无能为力，只好靠它自己了。"

那天上午我们钓了不少鱼供午餐用。回家的路上，外公要我别向外婆提及天鹅的事。她现在不常来池塘这边，没有必要让她马上知道。

几天以后的一个早晨，我们驱车去查看母牛时从池塘边走过。在离第一只天鹅死的地方不远，我们见到另一只天鹅躺在那儿。它也死了。

七月初我和外公建造了一堵新围栏。七月十二日，那一天外婆过世了。那天早晨我睡过了头。外公也没有敲我的门。差不多八点了我才匆匆穿好衣服，下楼来到厨房。我见到摩根医生坐在厨房桌子边。他是外公家邻居，和外公差不多年纪，也早就退休了。他曾来过外公家串过几次门。我立刻感到出了事。这天早晨，他脚边放着他那破旧的黑包，外公的身子直发抖。

外婆那天早晨患中风突然逝世。下午我父母来了。这间老屋一下子亲友群集，显得很拥挤。

第二天举行葬礼。外公坚持尽快举行。葬礼后的第二天，外公在早餐时宣布："农场要干活，我们有很多事要做。你们剩下的人都请回吧。"家族大多数人已经走了，而外公就用这种方法告诉剩下的人是回去的时候了。我父母吃过午饭后离开了，他们是最后走的人。

外公不会在人前表现自己的悲痛，我们都为他担忧。已经有人在谈论他要放弃农场。我父母认为他年纪太大，不宜一个人单独住在那儿，但他不会听进去的。老人家如此坚持我倒为此感到骄傲。

夏天剩下的日子像流水似的过去了。每天忙忙碌碌，我感到外公和过去有所不同了，却又说不出一个所以然来，我开始在想是不是还是有人陪着外公一起住更好些，可是我也知道他离不开农场。

九月临近了,我有点不想离开。我想秋季这学期不上学,在这儿再待几个月。我向外公提出这个想法时,外公马上就说我应当返校读书。

终于到了我离开的时候。我把行李装上车,和他握手道别,还偶然拥抱了一下。车子从车道上开走时,我从后视镜里看到他。他向我挥挥手,然后走向牧场门,开始一上午对牲口的巡查。这就是为何我老想着他。

十月一个刮大风的日子,我妈打电话到学校里来告诉我外公死了。那天早晨邻居上他家喝咖啡时发现他在厨房里。和外婆一样,他也是患中风死的。我这才明白,我和他在池塘钓鱼的那天早晨,为何他解释天鹅之死时显得那么艰难。

生命短暂,真爱永恒

赏析/秋　娟

"我"原本不想到外公外婆的农场干活,却没有想到,这件事带给我人生中,一堂生动、难忘的课程。天鹅是世上非常重感情的动物,一对天鹅相依相伴,生死不离。外公一定知道这一点,所以在他和老伴结婚五十周年时,送给她一对天鹅。两位老人风雨同舟,走了半个多世纪,他们的感情是那么深厚、长久。

外公没有给剩下的那只天鹅再找个伴,是因为在他心里,他就是那只天鹅,他要永远守候与外婆的爱。这让"我"明白,真情是无法用任何东西替代的。

妈妈的味道

把爱传下去

　　母爱似一首田园诗，纯净清淡；母爱也似一幅山水画，铅华尽洗，清新自然。"慈母手中线，游子身上衣。临行密密缝，意恐迟迟归。谁言寸草心，报得三春晖？"唐朝诗人孟郊的《游子吟》，千百年来为无数华夏儿女广为吟唱，就在于其清新流畅，诗味醇美，亲切而真诚地吟颂了既普通又伟大的母爱。这样一种朴素的人性之美，在任何时候都能产生强烈的震撼效果。

这三巴掌不仅体现了后母的善良和泼辣，也体现了她对养子深厚的母爱。

后母的三巴掌

● 文/刘豆豆

从六岁至今，跟后母一起生活了三十年，烙在我骨血里磨不掉的是后母印在我屁股上的三巴掌。

第一巴掌是我八岁那年夏天，我同伙伴从卖甜瓜的老头儿筐里偷了一只甜瓜，跑回家躲在街门后头吃。

"哪来的？"后母看出不对劲儿了。

"偷的。"我还觉得挺得意，挺能耐。

"啪！"后母二话没说，把我拽过去照准屁股就是一巴掌，又响又干脆。痛得我腿肚子直转筋，咧开嘴半天没哭出音来。

"做贼！与老鼠一个祖宗！恨死人！把瓜扔了！不许吃！给,给老头儿送钱去！"后母那严酷的表情是我从没见过的,我怕极了,不敢哭,接过两毛钱扔了瓜咧着嘴给卖瓜的送钱去。

从此,别人多稀罕的东西都没动过我的心。

第二巴掌是我十岁那年。

要过年了,父亲交给后母一沓钱说:"准备过年,再给二小买几袋奶粉,别光喝炒面糊糊了。"

二小是我刚出生的弟弟,后母没奶水,老喂他炒面糊糊。

我看见后母将钱压在席底下。

"阿巧,"前邻居二奶奶一大清早叫开我家门,喘着粗气在院子里跟后母说话,"章媳妇要生孩子生不出来得送医院,你手头有钱不?"

"有。"我听见后母只说了一个字便往屋里跑。我赶紧把席底下的钱换了地方。

"嗯?"后母揭开席一怔,"兴许是他爹又换了地方了,你先送人上医院,我去找他爹,随后给你送去。两百块整。"

二奶奶小跑走了。我神秘兮兮地把钱给后母看:"过年呢,不借给她。"

后母二话没说,一把把我从被窝里薅出来,照准屁股"啪"就是一巴掌,痛得我直蹦高,她却夺过钱跑出去了。

"小孩子家家的,不学理性,谁还能没个病灾的。等自己陷在坑里就找不着道儿了。"后母回来后并不哄我,还瞪着眼训我。

父亲知道了,说该把屁股打碎。

从此,"帮"字在我的理解里有了深刻而特殊的含义。

第三巴掌是我十四岁那年。

我考上了县里的重点初中,但吃住自理,家里负担不了。

"我不上了,帮娘喂猪吧。借人求人多难。"我吃饭时说。

后母二话不说,把我揪起来照准屁股"啪"就是一巴掌。痛得钻心,但我没哭,因为我稍懂人事了,知道听后母巴掌后的教训才重要。

"一指头年纪,还没见事就先低头！抬起来！不念书,大了能中屁用！我去求人借,还用你费心！再有这想法眼睛抠出来喂猪！"

我哭了,不是因为屁股痛,而是在我理解后母一片心血之后感动得哭了。我在内心发誓:"等我会写文章时,一定先写后母。"

印在心头的掌印

赏析／秋　娟

文章一开头就提到"后母印在我屁股上的三巴掌",容易让人联想起《灰姑娘》里那种恶毒、刻薄、虐待孩子的后母,不由得让读者产生同情之心。可后文的故事告诉我们,这三巴掌原是在作者成长过程中,后母教"我"做人道理的痕迹:不偷盗,尊重他人劳动成果;乐于助人;勇于面对困难。这三巴掌不仅体现了后母的善良和泼辣,也体现了她对养子深厚的母爱。

本文语言幽默,叙事简练,让人读后不由得会心一笑,心有所思。

她采取了一个让众人意想不到的办法,给儿子写一封满是电脑专业术语的信,诙谐幽默,通顺流畅,既表达了自己对儿子特长的赞扬,也指出对他迷恋上网的担忧。

给网虫儿子的一封信

● 文/赵 芹

亲爱的儿子:

刚刚打开你的爱机给你写这封信的时候,你设置的开机"问候"真是吓了我一大跳,那低沉的一声"哈罗"让我忽然意识到,你已经是个大男孩了。

真的。转眼间你已经十六岁了。不再是那个像"附件"一样跟着我的小男孩,你已经到了具有逆反心理的年龄,这就使得我们之间越来越无法"兼容","冲突"也越来越多。记得你以前对我下达的命令,运行速度不亚于当今的 P4 处理器,可现在哪怕是让你倒个垃圾这样的小事,你都不大情愿,有时候我还得敲几次"回车"你才执行,遇到你不高兴的时候就干脆"死机"——根本不理我。

有时逼你吃饭，我是怕你"系统"资源不足，"主板""受损"。尽管你已经瘦得像一根"内存条"，你却毫不领情，有时我还得费神为你把饭菜发送到"回收站"。看着你漫不经心地吃着我好不容易"制作"好的饭菜，我恨不得在碗里"剪切"了，直接往你嘴里"粘贴"。

自从买了电脑回来，你的眼里就只有它，只要在家，你都是坐在电脑前，我担心你在电脑前坐久了会过早地"安装"上"视保屏"，担心影响你的学习，更担心你被网上的"病毒"传染，为此我限制了你的上网时间。你却对我说我对你的这一套"操作系统"版本太旧，需要升级。

前天的家长会上，班主任说你的成绩明显下降，还说了你在学校的种种"非法操作"。比如作业没做好就顺手将同学的作业"复制"一份，上课时用小纸条给 MM"发送"讯息(还画个小企鹅)。不能说这些都是电脑惹的祸，但至少你已经得了电脑综合症。就连你做作业时，看到有下划线的地方，你都会不由自主地伸出手去，用笔点一下。要知道，无论你点几下，它也链接不出答案来！

我承认你在电脑方面有天赋，小小年纪就通过了省计算机中级考试，可是现在你不打好基础，将来还是会被社会"删除"。大道理我不说，每次说你你就会进入"睡眠状态"，只要你一听到开机的声音，或是"猫"叫，你就会"重新启动"，又来了精神。

有时候我觉得我们之间有些陌生，因为我越来越看不懂你了，就连你说的一些话，我甚至也要找个"金山词霸"翻译一下。在我眼里，你有时像加了密的文件，而我忘记了密码；有时像幅不知什么格式的图片，没有合适的看图工具打开它；更多的时候，你像一堆乱码，我看不懂，解不开，更不明白你那个十几个 G 的"硬盘"里到底都装了些什么。

说实话我并不想改变你原有的"界面"，我也不愿每天挂着个"黑屏"的脸面对你，不愿"压缩"你的个性，很想让你自由成长，只想用我的爱为你筑起一堵抵御侵袭的"防火墙"。我怕我管得太多，影响你"超屏发挥"，可是不管我又怕你"程序"出错。

亲爱的儿子你能理解吗?从你来到这个世界的那天起,我就中了"I LOVE YOU"病毒,而且它已经感染了我的"内存",无药可救。

好了,我知道你快放学了,今天就说这么多,我不想做你威严的母亲,就当我是你的一个无话不谈的朋友。希望这封信对你有所启发、帮助,还请你用"磁盘扫描"程序检查一下错误,用"杀毒软件"杀一下毒,或者干脆重装一下"系统",那样运行起来会更快、更好!

祝你重装成功!

爱你的母亲

二〇〇四年二月五日

母爱的内存有多大

赏析／秋　娟

迷恋网络是令很多父母烦恼的问题,文中这位母亲也是,可她没有采取"威逼利诱"的方式让儿子戒掉上网,她知道这样做只会适得其反。于是她采取了一个让众人意想不到的办法,给儿子写一封满是电脑专业术语的信,诙谐幽默,通顺流畅,既表达了自己对儿子特长的赞扬,也指出对他迷恋上网的担忧,这样的母爱真是用心良苦、感人至深啊。

她的高尚之处就在于,对待孩子的学习,她宽厚、"大方",不讨价还价,她这种尊重知识、尊重教育的态度让人敬佩。

一句话,一种情,一辈子

●文/史秀荣

那是去年初秋的一个星期六,我正在办公室备课,一位瘦瘦的中年妇女敲门进来。她一脸的笑容,略显局促,张口就说:"我昨天已来找过你,你不在,听说今天你在学校,我就来了。我一定要见见你。"

我知道这是一位孩子的母亲,一定是来说孩子上培训班的事,十有八九是想多打折、要优惠的,就热情地递上一杯矿泉水,并做好了应付准备——尽量说服她不搞特殊。

她坐在我旁边,还尽量拉椅子靠近我。从她的衣着、神情上观察,她不像有钱人的太太,应该是个能干又常奔波操劳的女当家。

她讲她有两个儿子,一个刚读完小学升上了初一,一个读初二。两个儿子还算乖,但写作文不行,不会写,考试扣分太多。听说史老师教作文教得好,一定要让儿子学一学。

我一面感谢她对我的信任,一面心里嘀咕:"先给我扣上大帽子把我夸晕了,就该谈钱的事了。"我随口询问:"孩子的意见呢?"

"我就是来告诉你小孩儿的想法的。"她说,"小孩儿不想读,但我一定要让他们读。他们就说两个人读培训班太贵了,家里负担太重。我告诉他们,只要好好学就不贵了。老师,我今天来就是想亲口告诉你这个。我没什么钱,一个月的工资不够交他们两个的作文培训费。但我知道,这钱不能省,小孩儿必须好好读书,不读书一辈子就完了,读好了才有前途。读好了,花的钱就值,就不贵。"

　　我的心微微一震:"学好了就不贵了。"一位母亲的拳拳之心,深深之情啊。后来我跟这位母亲又聊了许多,她始终没提学费打折的事,她一个心眼儿是要儿子能学好作文就心满意足了。尽管我不断强调我的教学思想如何好,我的责任心如何强,可内心一直反反复复回响着这位母亲的话:"只要好好学就不贵了。"送走这位母亲后,我将这句话写到教案本的首页,并决定修改原来的教案"观察的重要性",第一次课就上——好好学就不贵。

　　开学的第一次课,是这个秋天一个星期天的早晨。教室里坐满了三十几个新同学,他们有的在嘻嘻哈哈,有的懒洋洋地歪着,有的用呆滞的目光环视四周……我没有点名,没有严厉地要求他们目视前方身板正,没有习惯地说:"请大家安静下来我们开始上课。"我手执粉笔,工工整整地在黑板上写下"好好学就不贵"这六个字。

　　教室里渐渐安静下来,大家用期待的目光望着我。我告诉他们,这是一位妈妈说的话,妈妈为什么这样说?请你揣摩一下妈妈的内心活动。大家陷入了沉思,接着展开了讨论。大家不但说到这位母亲的期待和良苦用心,也对照着自己:为什么要用课余时间来参加培训班的学习?苦吗?累吗?贵吗?放弃吗?教室里热闹起来,不是吵闹,而是讨论,交流,谈心。我发现,同学们原来那种被迫无奈的神情,那种厌恶学习的神情,那种对老师不屑一顾的神情,渐渐从脸上消退,从眼睛里消失,他们的目光里有了真诚纯美的感恩,他们的脸上有了灿烂的神采,他们的话语也由"无聊、排斥"变得充满理性和激情。真的,就像在一片潮湿泥泞的土地上生起了熊熊篝火,我的心与同学们和谐地共鸣,我的眼神与同学们合拍地闪烁。这时,我趁热打铁,让他们每人给母亲发一封"手机短信"。你看,他们伏案疾书,多么专注,多么用情:

　　"妈妈,您不用逼我学作文了,我感谢您为我选择了这位老师……"

　　"妈妈,我原来以为作文课会很无聊,我本来想今天来试听一次,以后找借口不再来的,可我上了这节课,觉得对我很有帮助,我很愿意一直学下去……"

"妈妈,我一定刻苦学习。您不用天天催促我了,我长大了,我不让您为我太操心了。您多注意身体,让自己更年轻,更漂亮。"

……

我留意那位母亲的两个孩子,他们尤其认真,手里的笔如同刻窗花的刻刀,一笔一画地"刻"下了:

"妈妈,您花钱让我们读书,这是对我们好,想让我们上大学,长大了事业有成。我一定不辜负您的期望。我不但要学好作文,还要多读一些书,上中国名牌大学。您的儿子:晓星。"

"妈妈,我从前老是觉得您太唠叨,现在觉得您真是好妈妈,真是伟大的母亲。我不会再让您那么辛苦了,长大挣钱让您享清福。谢谢您,好妈妈! 您的儿子:晓龙。"

确实,这节课以后,这个班的同学学得特别认真,他们的爸爸、妈妈不断打来电话感谢我,我一边谦虚着、兴奋着,一边在心里千万次地感谢那位给了我教学灵感,给了我思想提升的母亲。

一句话,一种情,一辈子,都将勉励着我,勉励着你,勉励着每一位乐于上进的人。

天使在人间

赏析／秋 娟

母亲是上帝派到人间的天使,她勤劳、善良、无私,把所有的爱都奉献给了家庭和孩子。

本文中的母亲和蔼可亲,善解人意,她的高尚之处就在于,对待孩子的学习,她宽厚、"大方",不讨价还价,她这种尊重知识、尊重教育的态度让人敬佩。

"我"曾经用世俗的眼光看待这位母亲,结果却是她给"我"上了宝贵的一课,让"我"和其他孩子,以及他们的父母都受益匪浅。由此可见,母爱的力量多么伟大啊!

她是那么善良,无私地付出她所有的母爱,即使是"我"犯下错误,她也一样宽容。

继母的高凳

● 文/程 默

　　渐长渐大的女儿已经能够自己动手吃饭了,椅子上放一张小矮凳,稳稳地坐在上面。我的继母也辞别了她那张高高的凳子,爱上了椅子,搬来坐在我女儿的身边。继母总是喜欢把她小孙女的碗优先盛得满满的,全是好吃的。很多时候女儿吃不下,剩下来的饭菜就被继母倒进自己的碗里,慢慢地吃,倒也其乐融融。

　　继母日渐苍老,花白的头发,深深的皱纹,但她的爱似乎永远年轻,无声无息又铺天盖地。我常和继母谈起我儿时的事情,谈得最多的就是吃饭,那时候继母总是喜欢那张高凳,我则坐那张刚好够到桌子的矮凳。说到这些,继母只是在一旁静静地听着,微笑着而不做答。

我七岁的时候死去了娘,十岁时新母亲走进我的家门,成了我的后妈。俗语说"宁死当官的爹,不死讨饭的娘"。失去娘的生活够困难的了,但乡亲们说,后娘的心是六月的太阳——毒透了。他们的眼睛似乎告诉我,更悲惨的生活还在后面。其实,即使乡亲们不说,书籍、电影中关于"继母"的故事已经太多太多,在继母走进我家门的一刹那,我就把敌意的目光送给了她。

父亲在乡村小学做代课老师,日子过得紧紧巴巴。继母来了以后,又种了两亩地,生活渐渐好转,但依然会为吃穿的事儿发愁。一间茅草屋,两张破床,家里最值钱的,恐怕就是那张传了几代的大方桌。每天,我们一家人就围在上面吃饭。青菜饭、萝卜饭是那时常见又有点奢侈的生活。父亲通常会问我些学习上的事情,而继母的话不多,坐在一张高高的大凳上,手中的碗也举得高高的,吃得有滋有味。我则被安排在一个矮凳上,刚好够着大方桌。我常常拨弄着碗中的饭粒而无从下咽,心中无比的委屈,要是妈妈在世,那大高凳可是属于我的。可现在……更气恼的是我连她吃的什么都看不见!

我终于寻找到了一个机会,一个让继母知道我也不是好欺负的机会——我找到了一把旧的小钢锯。趁继母下地劳动的时候,我搬来那张原本属于我的高凳,选择一条腿,从内侧往外锯,直锯到剩下一层表皮。从外面看凳子完好无损,但我知道,稍微有些重量的人坐上去准会摔跟头。那天中午,继母烧的是青菜饭,先端上的是我和父亲的饭碗,我坐好自己的位置,埋头吃饭,心里有些忐忑不安,却又希望发生些什么。继母端着她的大碗,坐在大高凳上,手中的碗照样举得高高的,依然吃得有滋有味——我的计划落空了,她并没有从高凳上摔下来。

我一边回答父亲的提问,一边偷偷把脚伸到继母的高凳旁,希望把那条断腿给弄下来,偏偏够不着,未能如愿。天生不愚笨的我故意把筷子掉到地上,趁拾筷子之际,脚用力一蹬,"喀嚓"一下,全神吃饭的继母根本不会想到凳脚会断,"哎哟"一声被重重摔在地上。碗没碎，继母摔下来的时候尽力保护着它，但碗里的青菜洒满一地，继母的衣服、脖子里都沾上了。继母的碗里全是青黄的菜，仅是菜叶上沾些米粒——平时被我认为是难以下咽的米粒，在那一时刻，在青黄的菜叶上，却显得那么的生动，又是那么的珍贵！

我终于明白，继母坐得那么高，碗端得那么高，是害怕我看见她碗里枯黄的青菜，她把大米饭留给了我和父亲！也就在那天，就在继母从地上爬起来的时候，就在父亲举起手来准备打我屁股的时候，无比羞愧的我扑在了继母怀里，喊出了我的第一声、发自内心最深处的："妈妈……"

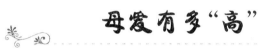

母爱有多"高"

赏析／秋　娟

提起继母，人们总是自然而然地想到"继母如何虐待养子"的故事，作者也曾这样。世俗对继母的偏见如此深，以至于"我"还没有了解继母的为人，就已经对她产生了敌意。继母勤劳、朴实、大气，她或许察觉到"我"对她的敌意，却装作不在乎。她是那么善良，无私地付出她所有的母爱，即使是"我"犯下错误，她也一样宽容。她之所以"高高在上"，是为了默默地关爱"我"、保护"我"呀！

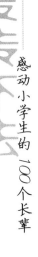

纵使是在别处看见熟悉的菜式，闻到似曾相识的味道，脑子里浮现的第一个影像，依然是属于妈妈和我的那份幸福。

妈妈的味道

● 文/（台湾）茉丽叶

常常觉得"味觉"这个词很妙，有味道、有感觉，然后融合在一起。

有了味道，有了感觉，就如同走过的道路上所遗留下的足迹，只要一个碰巧，我们就会想起过往的曾经。

也可以说，味觉是脑子里记忆的一部分，是一种情意的提醒。

犹如我们记得妈妈的咖喱饭、外婆的吻仔鱼苋菜汤，或者是，曾经有三年必须天天经过的中学校门拐角的那家豆腐花店，还有公园旁边最有名的四果冰。

属于家里的味觉是什么呢？从厨房飘散到书房、客厅的香气，和妈妈的背影，是一种无可替代的温暖。

以前每天住在家里，总怀疑所谓的家常菜到底是什么吸引人。现在离家在外，才真的会经常想起那种属于南方的、年幼的幸福。

即使是简简单单的水饺，再用清汤打个蛋，倒进半罐甜玉米，妈妈的味道永远是模仿不出来的，即使是三十五楼的那家著名餐厅里，大厨精心捏制的蒸饺。

下了潭，早黑的冬天里，一回到家就能够钻进热气蒸腾的厨房里取暖，然后眼镜被熏得白白的，端着刚起锅的韭菜水饺的小碗仔，就这么吃起来。

一边呼着气，一边还深怕贼人会来抢似的快快咬下一口烫着嘴的饱满。喊着好烫好烫的同时，还跟着妈妈的身影从厨房转到餐厅，像个跟屁虫一样地说着今天同学怎样怎样、老师如何如何、真讨厌明天又要小考、该死下礼拜还要段考……

妈妈总是哼啊哈的，手边还不忘照看平底锅里正煎着的劈啪作响的鱼，隔壁的炉子上还滚着一锅浓汤。

一碗饺子没吃完，妈妈就招呼我上餐桌，坐下来好好吃那条刚买的虱目鱼，还不忘把最美味的肚子那一块朝我摆着。

每次吃饱了，我都会告诉妈妈，现在胃里的鱼正在浓汤里游泳，好像刚刚还有一个饺子从鱼身边滑过。

高中的时候，听见老师在早会上宣布"下礼拜规定换穿裙子"的时候，我就知道夏天来了。

夏天来了，我就有凉拌豆腐和凉面可以吃了。

妈妈总是习惯自己做凉面，也自己调麻酱。一早起来就常常发现妈妈在厨房里忙，希望趁着还没真的热起来的时候先把面煮好。

一回到家，直奔冰箱，挖出冰透了的极富弹性的面条，再到柜子里翻出芝麻酱、醋、香油，加上一点点的水、一点点的辣油，在碗里略略拌匀，就是一碗消暑美味的凉面。

然后看着妈妈切葱花、刨黄瓜丝，然后拿出豆腐装盘，有时还会加上自己腌的泡菜，淋上一点酱油膏、剥一个皮蛋，就是一道冰凉的小菜。

吃完了再找找冰箱，经常会看到早早就削好的橙黄色小玉西瓜，或者是隐隐窜出酸酸甜甜香气的芒果。

我知道我很幸运，可以在家里痛快地吃妈妈亲手做的菜，不需要自己到外面花钱，买商人永远调制不出的爱。

生病的时候，鸡汤就是妈妈的心疼。

前一阵子大病一场，再怎么样也想尽办法，东凑西挪挤出一个周末，在火车上瘫痪三个小时，拖着满身的病毒和疲惫，回到妈妈的怀抱。

知道我病得不轻，电话里虽然满是责备我怎么没好好吃饭、多穿一件衣服，骂我活该，但是我和妈妈心里都明白得很，她是极其舍不得的。

只是因为,她知道自己身体不好,所以我必须要坚强,学会照顾自己,尤其是在一个人的时候,她远在天边帮不上忙的时候。

所以,我一说要回家,她就兴奋地说,要买香菇和土鸡,再到中药店抓一点黄芪枸杞回来,帮我炖一锅汤。

我没想到,她还从人家送给爸爸的南北货礼盒中拿了一罐鲍鱼,切片后连罐子里的高汤,都放下锅里一起熬。

那个礼拜五傍晚,一踏进家门,我就知道厨房里一锅山珍海味在等着我。

看着爸爸埋怨怎么他平常都没得吃的表情,有一丝丝忌妒我这个难得回家一次的女儿的样子,妈妈得意扬扬地说,怎么样?生大病回家的人才有得吃。

鲜嫩的鸡肉吸满了红枣和枸杞的甜味,汤里头还有鸡骨熬汤所渗出的胶质,有些黏黏的,切片鲍鱼虽然在起锅前才加入这队海陆大军,但是香菇的清新芬芳早已经附着其上。

这锅汤光是材料就已经价值不菲,更何况还有妈妈在炉子边烫去血水、捞去浮在表面的油脂所花去的工夫,还有灌注在这里头那份满满的怜惜。

在我嫌自己回家就会胖回来的时候,她总是说:了不起,那你不要吃好了。

我总是经不起诱惑,哀求着妈妈就算是让我吃成一头猪还是一只恐龙,我都要吃她炒的米粉。

然后带着满肚子的营养和满足,再度回到这个贴身肉搏战的丛林里,战斗指数恢复到百分之两百。

妈妈不是大厨师,也真的不是什么会精心烹煮、讲究必须熬炼出食物精粹的人,但她亲手烹煮的味道,是天底下独一无二的,再好的厨师,都没办法复制。

妈妈总是说,要教我怎么煮这些"家常菜",我总是赖着不肯。我知道,即使身为女儿,我也没办法完全重现这些熟悉的味道。

　　我只希望,能够一次一次地加深脑细胞对于它们的印象,好叫我即使是在很老很老以至于不能动弹的时候,也一样能够记得这些快乐。

　　舌上的味蕾会知道,这就是我的妈妈。纵使是在别处看见熟悉的菜式,闻到似曾相识的味道,脑子里浮现的第一个影像,依然是属于妈妈和我的那份幸福。

　　谨以此文,送给快要过生日的,我的妈妈。

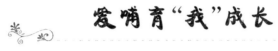

爱哺育"我"成长

赏析／秋　娟

　　文章以"味觉"的字面意思作为文章的切入口,从家中的点点滴滴的生活琐事来描述母亲对作者的关爱,详细记录了母亲做菜肴时的细节描述,母女二人的对话,足以让读者感受她们的母女情深。文章结构,语言优美,感情细腻,让人不由得想像这样一幅充满了亲情的美景。同时,也深切地体会到母爱的味道是那样的甘醇、甜蜜、回味无穷。

　　的确,我失去过,可我又得到了更深更真挚的母爱。我们并无血缘关系,然而,那满腔挚情远比那淡淡的血更珍贵。

新 妈 妈

●文/李　洁

　　过早的成熟使我喜欢怀旧,特别是在这初春,星期日的清晨。

　　三年前,也是这个季节,也是这样一个明朗的星期日,父亲的朋友,还有一个陌生的阿姨来我家做客,给死寂的家带来了一丝生气。席间,一位叔叔悄悄告诉我:"小洁,那个你刚认识的阿姨,就要当你的新妈妈啦!"妈妈?陌生的词,自从读小学时父亲和母亲离异,我已经久违了!我匆匆离席,眼中含着泪。

　　那位阿姨终于成为我家的一员。为了报答父亲的爱,为了父亲难得的笑,我叫她"妈妈",却叫得好别扭、好冷漠。

　　每月都有一个战栗的星期日,那是一个增添新伤痕的日子——我的一半生活费,要到"慈祥的"生母那儿去领取。在以前我会告诉爸爸:"我再也不想到那个地方去了!"父亲也一定会答应我的。因为每月领钱的那天,我那爱发脾气的生母都会无中生有地找些事来骂我。可如今,来了一位新妈妈,这样做也许会播下家庭不和的种子,我不忍在饱经风霜的父亲额上再刻一道皱纹。

　　为此,我决心独自把苦果嚼碎,咽下。

　　一个星光灿烂的夜晚,我意外地发现枕边有一封信,是新妈妈给我的:"小洁,经过几个月的观察,我发现你与你的生母并无感情。每月都有一天你情绪低落。你父亲既然把你留在身边,就应使你幸福。如果你不愿到生母那里去,就不要勉强自己。希望早日见到你的笑脸。祝你快乐！一个不称职的……"省略号。省去了什么？六个小黑点包含了她的一片苦心。她怕，怕"妈妈"两个字刺伤我。长夜独我未眠，泪水悄悄打湿枕畔。我没有给她回信，只在心里衷心地道了声："谢谢！"

生母的家就坐落在我上学必经的道旁。每次相遇，四目相对，那目光属于路人而不属于母女。每逢这时，一抹愁绪会使我眉头紧锁。此时，新妈妈来了，不是来信而是面谈："小洁，人生路上有无数坎坷。强者，就能控制自己！"淡淡的几句话，却重得让我抬不起来。这次，我从心里叫了声"妈妈"！在她怀中，我哭了。好多好多的泪呀！仿佛一生的泪都蓄着为此一淌。莹莹泪光中，她却笑了，笑两个人心灵的沟通。

的确，我失去过，可我又得到了更深更真挚的母爱。我们并无血缘关系，然而，那满腔挚情远比那淡淡的血更珍贵。

幸福在哪里

赏析／迎　伟

一封简短的信，几句简单的话，母爱又重新回到"我"的身边，幸福又重新驻扎到"我"的心里。小作者从一个全新的角度、运用对比的手法，赞美了超越血缘的母爱，读来令人唏嘘不已！

文章选取一个典型家庭，采用第一人称，真实地反映了一种较普遍的社会现象，令许多成年人深思：离异家庭子女的幸福到底在哪里?！文中"继母"的行动让我们得到了满意的答案。

幸福的家庭不一定是富有的，平凡的父母让我们明白，一个和睦的、充满了爱的家庭留给子孙最珍贵的精神财富才是最珍贵的。

装在碗里的亲情

●文/晓 华

妈妈每天早上到小镇上卖蔬菜。自从我懂事起，早上和中午，我都要给妈妈送饭。爸爸用饭盒装好，叫我送去给妈妈吃。我也从来没看饭盒里是什么。

我没吃过米粉，早就想吃一回。有一次，我给妈妈送饭，对她说我想吃米粉。妈妈愣了一下，然后带我买了一碗米粉，妈妈当时没说什么。

几天后的一个中午，我又想吃米粉，妈妈对我说："要是你爸爸不吃你会吃吗？"我不明白："妈妈怎么要问这个？"妈妈说："我只想告诉你，你爸爸从来不会一个人吃米粉，妈妈也不会。"我说："为什么呢？"妈妈说："孩子，我们是一家人，同在一个锅里吃饭！"妈妈又说："在我们这个很穷的家庭里，一个人去吃一碗米粉，就是一个人独自去享福。"

这以后，我开始留意我给妈妈送的饭了。我看到了，家里吃稀饭，爸爸会给妈妈最稠的。有一回家里有客人，爸爸炒了几个鸡蛋，爸爸没吃，哥哥和我也是各吃一个，爸爸却给妈妈装了两个叫我送去。我的眼睛有点湿润了，我知道这就是妈妈所说的"我们是一家人，同在一个锅里吃饭"，也是父母一辈子同甘共苦的最好见证。

父母就这样以他们最简单的方式来哺育我们，先后送哥哥和我读了大学。现在，他们老了。用妈妈旧时的话说，我和哥哥现在都不穷了。哥哥和我商量,把父母接到城里来。可是爸爸不愿意来,他习惯了在小镇生活。妈妈跟我住了不到一个月,到了晚上吃饭时,妈妈望着自己碗里的饭菜说:"你爸今晚吃什么呢?"

妈妈回去了,回到小镇去陪伴父亲。我们给他们装了一部电话,每月都给足了生活费,我们要让我们碗里有的,父母碗里一样也不能少,甚至更多更好。父母装在碗里的亲情我们要一直装下去,直到我们老去,直到我们的儿孙长大……

溢出饭碗的爱

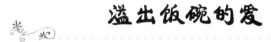

赏析／秋 娟

这是一篇洋溢着浓浓亲情的文章,"我"的父母都是普通人,但他们纯朴、善良。通过吃饭这样的家常事,父母让我们懂得,一个家庭的成员要互相关心、互相照顾。当遇到困难的时候,家庭成员要有无私奉献的精神,只有这样,一个家庭才有凝聚力,才能共渡难关。

幸福的家庭不一定是富有的,平凡的父母让我们明白,一个和睦的、充满了爱的家庭留给子孙最珍贵的精神财富才是最珍贵的,这将带给我们无价的快乐。

看来,要想看到妈妈睡觉的样子,一定要比妈妈起得更早,干脆,半夜起来看!

妈妈睡觉的样子

● 文/金 戈

这天,语文老师布置了一道作文题:《妈妈睡觉的样子》,老师还特别交待,一定要仔细地观察,写出妈妈的特点。肖秋林是语文课代表,作文写得不错,他开始还觉得这道题并不难,可提起笔来却又不知道怎样写,因为他压根儿就想不起妈妈睡觉是个什么样子,好在还有几天时间,于是,他特别留意,准备亲眼观察观察妈妈睡觉的样子。

肖秋林的妈妈在一家洗浴中心当搓澡工,也许是职业的习惯吧,尽管每天很晚回家,她除了检查肖秋林的家庭作业外,还要给他洗个澡,为他揉揉脖子搓搓背,让儿子舒舒服服地去睡觉。

这天晚上,肖秋林洗完澡没有马上去睡,而是一个劲儿催妈妈去睡,妈妈问他咋还不睡,肖秋林说:"你先睡吧,我想……想看看你睡觉的样子。"

"小孩子家别瞎闹,妈妈睡觉有什么好看的!再说,我一时半会儿也睡不了,好多家务活还没做完呢!"说完,妈妈硬逼着肖秋林去睡觉,自个儿又忙活去了。

肖秋林拗不过妈妈,只好躺在自己的小床上佯睡,心里盘算着,等妈妈忙完家务睡觉的时候,自己再偷偷起来观察。可是不一会儿,便迷糊过去了。一觉醒来,天已大亮,妈妈早在厨房里忙活开了。

看来,要想看到妈妈睡觉的样子,一定要比妈妈起得更早,干脆,半夜起来看!夜里一点整,小闹钟准时叫醒了肖秋林,他轻轻地爬起来,见妈妈的卧室里漆黑一片,他便蹑手蹑脚溜了过去,开门一看床上却不见妈妈。肖秋林四处寻找,一看,卫生间里还亮着灯,他轻手轻脚地摸了过去,这一次,他终于看到了妈妈睡觉的样子……

第二天,老师批改全班同学交上来的作文时,却惟独不见肖秋林的。上课的时候,老师问肖秋林为什么不交作业,他脸红红的,嗫嚅了半天才说:"我妈妈不……不让交。"

"为什么?"

"她说,我写了她的个人隐私,不能让别人知道。"肖秋林的话刚一说完,全班同学"轰"的一声笑开了。老师好容易才忍住笑,说:"你妈也太夸张了吧,谁都有睡觉休息的时候,这是人们正常的生活,不是什么隐私。"

"老师,实话对您说吧,我妈睡觉的样子真的很、很不正常……其实,我当时看见她那个样子也很不好意思的……"肖秋林说到这里,脸一下红到脖子根上。同学们忍不住在底下窃窃私语,有的甚至"嘻嘻"笑了起来。

"你、你到底看见了什么呢?"老师刚问出口,突然一阵后悔,心里发怵,他害怕肖秋林会说出什么令人难堪的事情来。

"老师,我、我真的不好说,不过,我都把它写在作文里了。"肖秋林顿了顿,扫了一眼周围的同学,小心翼翼地对老师说:"我有个要求,这篇作文只能给您一个人看,好吗?"

老师点了点头。肖秋林这才掏出作文本,双手递给了老师。老师仔细地看了全文,脸上显出从未有过的神情,他的眼眶微微湿润了,因为作文的结尾是这样写的:"我看见妈妈赤裸着身子躺在浴缸里,头耷拉在胸前,臂弯里搭着一条湿漉漉的毛巾……她很像一尊圣母雕像,显得那样神圣而庄重。面对妈妈这个样子,我真的有些不好意思,我怕妈妈发现我在偷看她,其实妈妈早已睡着了,鼾声断断续续的,她是在洗澡时不知不觉地睡着的。自从三年前爸爸病故后,家庭的重担全压在妈妈一个人身上,她太劳累了……那时候,我真想走近她的身旁,像她给我搓澡那样,也给她轻轻地、轻轻地搓个澡……"

最美丽的"睡美人"

赏析／秋 娟

从这篇文章的结尾看,肖秋林是一个成绩优异、孝敬长辈的好孩子,可这次却对老师布置的任务很为难。母亲为了照顾秋林,起早贪黑,不辞劳苦。即使这样,她每天晚上都要给孩子搓澡,让孩子睡一个舒服的安稳觉,而她自己却疲惫不堪,居然在浴缸里沉沉睡去……真是可怜天下父母心呀!

> 我想如果他再没有食物，就会死去。而我，有那么多孩子。当初没有他，就没有我们。

谁说鳄鱼不流泪

● 文/麦兜兜

他们说我是不哭的，眼泪也是虚假的。我是南美洲茂密丛林中的霸主，一条足够强大的鳄鱼，我为什么要哭呢？

我经常在暗夜醒来，从同一个梦魇中惊醒。在梦里，我是孱弱的，双眼乏力无神，四肢不能活动自如。我刚出生不久，跟着母亲，慢慢游走在湿地的边缘。是一个早晨，我清楚地记得，溪水在阳光的照耀下闪闪发亮，凉软地冲刷过我的身体。四周静谧祥和，我有些陶醉。

我是妈妈最小的孩子，她给我食物，带我游玩。但是她从不微笑。偶尔眼里会有温柔的光溢出，那样使得她的眼睛看上去很美，但温柔是一闪而过的。她说在这个世界上，有一个词语叫弱肉强食，有一种定律叫适者生存。

所以不能当一个弱者。

那个早晨我们遭到袭击，在溪流转弯的地方，母亲叫我向前走。她严厉地命令我，很突然地。我听话，向前。鹅卵石划过我的肚皮，有些疼痛。我不想走，停下来，回头看母亲。这时候我发现她在转身，撤退。我不明白，连忙掉转身体，想去追赶她。

突然，我被拦腰叼起。有锋利的牙，刺进我尚未坚硬的皮。我挣扎着，用尾巴拍打水面。母亲回头看我，眼里满是决绝。我突然想起她说过的一句话，在我们鳄鱼家族里，为了自己的生命，自己的孩子都可以放弃。

我的眼泪汹涌而出。母亲,母亲!

这片丛林的又一强者是美洲豹。他们姿态优雅牙齿锋利,经常在清晨觅食。有时候一条小鳄鱼,就是他们美味的早餐。

捕获我的,是一只母豹。我不害怕,从母亲回头走掉的那一刻开始,我就不再害怕了。当母豹把我扔到她的孩子面前时,我居然有点喜欢她了。我的母亲也给过我食物,但是她从没有这样温情过。

她舔她的孩子,叫他吃早饭,语气温柔。然后他们一起走向我。他是一只幼年的公豹,额上有奇特的花纹,像八只角的太阳。他走近我,看我。我心里想,你吃吧,你多幸福,有爱你的母亲,我什么都没有,宁愿死掉。

他看看我,突然回头问他母亲:她这么小,她的妈妈呢,然后很突然地,把我扔回了水里。他依偎在母亲身旁,看我漂走。

我没有回到母亲身边,漂泊到另一个流域。我迅速地成长,自己捕获食物,保护自己。只是我会经常做梦,梦里全是母亲抛弃我的那个早晨。梦的开始总是比较美,然后画面更迭,悲伤重重。醒来的时候我问自己,为什么你会是鳄鱼?

我终于成年,皮质够坚硬,眼神够刚毅,心肠够狠毒,我成了这个流域的霸主。我也有自己的孩子,我努力做一个好母亲。我疼爱他们,保护他们。我想危险到来的时候,我不会为了保全自己而放弃他们。

丛林里传说,鳄鱼家庭里有一个好母亲。我的孩子们,都为此骄傲。

有天夜里我在噩梦中惊醒,发现火红的光。我叫醒孩子,带他们离开。是的,这里就要被毁灭。我早听说,二十公里外的丛林成了灰烬,而两百公里外的丛林种了玉米。

我们走了很久,回到了我曾生活过的地方。在这里也快没有食物了,很多动物都跑到更深的丛林去了。有两天,我们没有发现任何活的食物。

一个清晨,我带着最小的孩子出去觅食。很不幸地,他被一只美洲豹捕获,就在我的眼前。我快步冲上前去,我要救回我的孩子。

　　我冲上去，想用尾巴扫那只豹时，突然看到了他额头上的八角太阳。他那样瘦弱，肚皮凹进去，已经很久没有进食。我想如果他再没有食物，就会死去。而我，有那么多孩子。当初没有他，就没有我们。

　　我犹豫了很久，终于转身离去。到了拐角处我回头，我看不清眼前的所有。因为我的眼里，满是泪水。

泪光中的母爱

赏析／佚　名

　　这是一个十分让人震撼的故事。母亲为求自保而放弃年幼的"我"，"我"伤心、绝望。当我生命危在旦夕时，"我"看到豹妈妈无比慈爱地守护她的孩子，而更让"我"感动的是，享受母爱的小豹宽容地给了我一条"生路"。"我"活过来了。多年后，"我"重遇被饥饿威胁生命的小豹，"我"义无反顾地把孩子变成了小豹的食物。那一刻，"我"流泪了，每一个母亲都爱自己的孩子，当年母亲放弃"我"不是因为"残忍"，而是出于更大的爱……

孩子落水的时候，有人在散步，有人在骑车，他们都没有听到，一个百米之外的聋子，却听到了。

听　　到

● 文/陆勇强

孩子落水的时候，

有人在散步，

有人在骑车，

他们都没有听到。

一个百米之外的聋子，

却听到了……

她是个聋子。二十八岁那年，工厂里一次意外爆炸，让她失去了听力。那一年，她的儿子才三岁。

她和儿子一起上街,儿子看到身后有车疾驰过来,说:"妈妈,后面有车。"她没有听到,她看着儿子的口型问:"你在叫妈妈吗?"一个在人生半途失去听力的人是可怜的,她要比那些天生失聪的残疾人更痛苦。

她整日以泪洗面。

是的,失去听力给她和她的家庭带来灾难性的后果。用自鸣壶烧开水,她听不到,水烧干了,最后电线引起自燃,她闻到了焦味,冲到厨房,冰箱、电饭煲、微波炉全毁了。

她的丈夫和儿子晚上去遛街,丈夫忘了带钥匙,回来后他们不断地敲门,可是她听不到,整整一个小时,她的丈夫和儿子就站在门外,期待着她能开门。

他们想住到亲戚家里去,但又怕她担心,父子俩只好坐在楼梯口。当她打开门,看到丈夫抱着孩子睡在楼梯口,她"哇"地一声就哭了。

不久,她平静地说出要离婚,丈夫朝她摆摆手,自己又摇摇头,然后又指指儿子的房间,她的泪就下来了。

儿子上小学的时候,她的语言能力慢慢丧失。因为长期失去听力,许多发音开始变异,她无法再说出一句完整的话,许多含糊不清的语句,只能依靠猜测才能意会。

她成了一个地地道道的聋子。这个世界太喧嚣,她却听不到。

一个春日,她陪儿子到僻静的江滨画素描。儿子口渴了,她离开儿子去买饮料。

这之后的许多事让人们奇怪。一个在远处钓鱼的老者在喊:"有个孩子落水了,快救命。"只见一个拿着可乐的女人突然舍了手中的饮料,飞奔向江滨,她奔跑的速度实在令人难以想像,因为奔跑速度太快了,她的一只鞋也跑飞了……然后她跃入江中,把那个不断沉浮的孩子托了起来。

落水的是她的儿子,幸亏她会游泳,幸亏她能听到。

但是,她是一个聋子。围观的人后来都发现了这个秘密,一个聋子怎么能听到有人喊"救命"。孩子落水的时候,有人在散步,有人在骑车,他们都没有听到,一个百米之外的聋子,却听到了。

现在,如果有人说耳朵是惟一的听觉器官,我不相信。除了耳朵,我们身体上的所有器官都会产生"听觉"。

只要有爱。

母爱的力量

赏析/杨　丹

这个故事让许多人感到疑惑,但懂得母爱有着无穷力量的人一定会深信,这个故事就发生在我们身边。那个在一次意外中失去了听力的母亲,因为年幼的儿子坚强地生活着,孩子是不能离开妈妈的。当一次儿子不小心掉进了江里,是母子的心灵相犀,母爱的伟大力量让远在百米之外聋子母亲"听到"了救命声。

有很多事情你都可以怀疑它的真实性,但面对父母的爱,却是应该坚信不疑的。

父亲的眼睛

把爱传下去

　　总有一个人将我们支撑,总有一种爱让我们心痛。这个人就是父亲,这种爱就是父爱。能心痛,会心痛是好的,是仍有希望的,因为你还有爱,因为你还在乎,所以有痛,所以会痛。痛过之后,我们学会了珍惜,学会了豁达,学会了理解——生命原来是由一次次的痛堆砌起来的!

> 有无数次,我站在继父的遗像前,悄声对他说:伯伯,我
> 看见了大海,真的,我看见了……

我看见了大海

● 文/马 得

　　我是一个腿有残疾的女孩子。母亲嫌我丢她的脸,也怕我出门遭人讥笑,于是,在我八岁前的童年里,我从没迈出门一步。我拥有的只是院子里的一方天空,一群转瞬即逝的飞鸟。

　　我八岁那年,父亲死去了。母亲不久后就改了嫁,嫁给小镇上一个退休的海员。当时,母亲才四十出头,而继父已近六十。

　　继父让我叫他伯伯。"来,沙子,伯伯带你去串门儿。"

　　"不,不!"我吓得直往后缩。

　　"去外面看看吧,沙子,外面有好多好玩的东西。"

　　我动心了:"我长得太难看,还有我走路一瘸一瘸的,妈说人家会笑话我的。"我哭了。

　　"放心吧,沙子,谁笑话你,我就这样——"继父扬起巴掌,做了个揍人的动作。

　　我忍不住破涕为笑了。

　　第二天,继父带我上街了。有生以来,我第一次看见这么多人,我真是怕极了。我羞怯地低着头,两手死死拽住继父的衣角,就像他的一条尾巴似的。

　　"沙子,抬起头,别害怕!"继父大声说。继父响亮的嗓门儿立刻引来了许多目光,尤其是和我同龄的孩子,边瞧边叽叽嘎嘎。

　　"喂,过来认识一下,小家伙们,这是沙子,你们的小朋友沙子。"

继父亲热地招呼他们。于是,他们走过来,友好地问这问那,邀请我和他们玩。

冬天里,继父的哮喘病犯得很重。睡不着的时候,就让我陪他坐在火炉前,听他讲大海的故事。

"海水很蓝的,和天空一样蓝。海水是咸的,海很大很深,海里有鱼,海上有船,大鱼小鱼,大船小船……"

我听得着了迷:"我能看见海吗?"

"能!等你再长大些,长到十五岁,我就带你去看大海。"

我的眼前豁然亮了。

我一年年地长大了,长高了,懂得了许多事情。按照继父的规定,每天我要做一件对我来说难度较大的家务活。学校不收残疾儿,继父就自己当老师,我每天要学五个生词,并背熟一篇课文。其余的时间,便是听继父讲那永远也讲不完的海的故事。

母亲终于走了,是跟一个在门口摆摊儿的湖州裁缝跑的,丢下我和继父相依为命。

继父的身体越来越坏,但他仍然拖着病歪歪的身子,成天带我去这儿去那儿,鼓励我独自进商店买东西、做家务活。每当我做了什么我原先不会做的事情的时候,继父就变得欣喜若狂,仿佛我做了件惊天动地的大事。

"你真能干,沙子。"

我们把看海的日子定在来年的夏天,到那时候我就十五岁了。继父说现在所做的一切,都是为看海做准备。继父说去海边之前,我必须学会应付一切。

漫长的冬季熬过去了。整整一个冬天,继父病倒在床上。我一个人穿街走巷,为继父请医生、买药,办各种各样的事情。我独自承担了全部家务。正是在这样的时刻,我觉得自己真正长大了。

一个春日融融的正午,继父把我叫到床边,慢慢地说:"沙子,我就要死了,有件事情我必须告诉你。早在我退休的前一年,医生就说我是过敏性哮喘,必须远离海洋,所以我是永远都不能带你去看海的。我对你撒了谎,请你原谅我!"当时,我觉得非常失望,非常委屈,我做了这么多年的准备,到头来却是一个美丽的神话。我伤心地哭了。

就在这天夜里,继父安静地去世了。我失去了在这个世界上惟一的亲人。现在,我这个残疾女孩子一个人生活着。

当我穿行在闹市时,当我熟练地做着家务时,当我受邻居的委托替她照看孩子,从而每月从她那里得到四十元的生活费时,我突然明白了继父所说的"看海"的意义。有无数次,我站在继父的遗像前,悄声对他说:伯伯,我看见了大海,真的,我看见了……

继父的爱比海深

这是一篇对比强烈的文章。一个是母亲对亲生女儿的遗弃,一个是养父对残疾养女的照料和鼓励,而沙子的命运就在这残酷的对比中发生了转折。沙子是不幸的,不仅身体残疾,而且从小缺少家庭的温暖;沙子又是幸运的,因为她的继父给她的爱,比起生身父母有过之而无不及——这是一位值得尊敬,了不起的继父。虽然沙子从来没有叫过她一声爸爸,虽然继父因病不能带她去看海,但这位父亲给女儿的爱却比大海更深沉!

　　清晨,两个好友头靠着头,就像夏天的那两只小松鼠一样。

父　爱

●文/[挪威]勃·洛芬宁根

　　我周围,依然是漆黑一片的夜,这时,门"吱"的一声被推开了。溜进屋的一丝光亮照在一双穿着睡裤的细腿上。有人正在鸭绒被下小心地摸索,接着一只小手悄悄伸了过来。

　　"爸爸,"一声低唤似从远处传来,"爸爸,您醒了吗?"

　　"不知道。"我睡意蒙眬地咕哝着。不过,我还是感到了夜色在渐渐消融。黑黑的夜,有时,心中会腾起一阵对未来的忧虑。

　　"爸爸,您是我的朋友,对吗?"

　　"那还用说!"我打着呵欠,感到既快乐又恼人。

　　"爸爸,您知道刚才我梦见了什么吗?"

　　"不知道。"

　　"我梦见我们都坐在我们的纸飞机上,飞过屋脊,飞到遥远的海上。天很黑,只见星星在闪光。但我一点也不怕,因为您跟我在一块。爸爸,您也怕过吗?"

　　"当然怕过。"

　　"很怕、很怕吗?"

　　"很怕、很怕。"

　　"我也很怕呀——当我们坐在那飞机上时——哦,不,不在那时,而在之后,当我醒来时——那时,我才很怕、很怕!"

　　"你怕什么?"

"我怕您不在床上了。"

"我当然在床上。我还能去哪里呢？"

"在飞机上。因为您开飞机走了，而我坐在一颗星星上。接着我就想您，一直在想。所以我一定得过来看看您究竟是否还在这儿。"

"看，我就在这儿，那只是一个梦罢了。"

"爸爸，您在床上还能呆多久？"

"呆不长了，我可不能整天老呆在床上呀！"

"为什么？"

"你知道，我——"

"不行。因为您说过我们是朋友。是朋友就不能分开！得永远在一块！"

"我懂，可爸爸还得去上班呀。"

"不！"

"你也还得去幼儿园哩。"

"我不去！"

"当然你要去！想一想吧，在幼儿园里你有那么多好玩的东西，还有那么多好朋友，对吗？"

"不错，倒有些朋友，不过，世界上我只有一个最好的朋友！"

"你指的是我吧？"

"是喽！爸爸，还记得去年夏天我们一块去乡下？那时我们倒是从早到晚一直在一起，是吗？"

"没错。"

"真希望一直如此——因为那时候您不像现在这么忙。记得我们找不到的那支箭吗？"

"但我们发现了两只小松鼠，它们紧紧地靠在一起躺着。"

"它们也是朋友，对吗？"

"是的，它们肯定是朋友。"

"让我紧靠着您躺一会儿吧，爸爸，只躺一小会儿。"

"行，小鬼，上床吧！"

"爸爸,把我抱紧——这样我才感到我们是朋友。好,真好。爸爸,给我念点什么吧,只念一会儿。"

"可惜时间不多。现在几点?"

"表有啥用!朋友是从来不看表的——不必去上班、开会,也不必去幼儿园或上牙医那儿去。"

"那么,你认为朋友们该干些什么事呢?"

"在树顶上盖房。爬上绳梯,把食物和覆盆子酱抬到树上去吃,还有鱼呢。轮换着读故事。爸爸,您能给我念上一会儿《三个强盗》吗?"

"行啊,不过不能从头到尾了,好吗?"

"呱呱叫!爸爸,今天在办公室里,您能再为我做几只纸飞机吗?"

"我想可以的。"

"爸爸,他们会生气吗?"

"谁?"

"您办公室里的同事们。"

"不,不会生气。他们只会惊讶地瞅瞅。"

"问他们想不想试坐一下飞机!您可以将飞机开到窗外去!这样,他们也会愿意跟您交朋友啦!"

"真是好主意!"

"现在我想上幼儿园去了,爸爸,因为当我回家来时,您也会马上到家的。是吗?"

"当然喽。我不会叫你久等的。"

"爸爸,想一想那些没有朋友的人吧。"

"我眼下正想哩,朋友!去把那本书拿来吧,起床前我们可以读上两页。"

"轰轰!我是一架飞机!世界上飞得最快的飞机!轰轰!"

爸爸的朋友张开穿着睡衣的双臂,就像飞机伸出短短的机翼似的,他奔进另一间房间。一会儿,他带着那本书回来了。清晨,两个好友头靠着头,就像夏天的那两只小松鼠一样。

"三个强盗偷偷开始行动了……"此时此刻,世上所有的钟表都停止不走了。

儿子永远的大朋友

赏析／秋　娟

　　这是一篇以父爱的口吻创作的文章。父亲还在睡梦中,年幼的儿子来到床前讲述自己做的梦。从孩子的梦境中,父亲体会到儿子的弱小、单纯,和对陪伴的渴望。孩子只有在跟父亲在一起时才快乐,有安全感,同时,他希望和父亲成为知心朋友,在心灵上有所依靠。

　　父亲了解儿子的心情,他小心翼翼地抛开工作、上幼儿园这些日常事,陪儿子沉浸在美好的童话中。父亲悉心呵护着儿子幼小的心灵,时间一分一秒地走过,而父子之情在这动人的一刻永恒。

第二天早上,赵跛子家门口放着半块南瓜,村口的大槐树下吊死一个人,那正是果子爹。

头 顶 良 心

●文/阮红松

在一个寒冷的夜里,奶奶讲了这样一个故事。那是在我国最困难的年月里发生的故事。

在鄂西南一个小村庄里,一个叫果子的少年由于极度饥饿处于昏迷状态。少年的母亲也饿得两眼发黑,一丝力气也没有。家里已经断粮十几天了,全家人以后山的野栗子和苦苦菜为食苟延性命。果子不能吃这两样东西,吃下去就反胃,吐得昏天黑地。家里实在没别的东西好充饥了,果子的禁食意味着死亡。

无奈之际,果子爹来到了后山坡,山坡上有一片南瓜地。南瓜蔓上连鸡蛋大的南瓜蛋都没了,甚至连瓜叶也被人采去吃了。果子爹顺着瓜蔓寻到一个小坑坑里,用手扒开坑口的松针败叶,露出一个大南瓜,足有七八斤重。这片南瓜地不是果子家的,是村民赵跛子家的。果子爹前几天在后山寻苦苦菜,意外地发现了这个大南瓜。这天,当儿子生命攸关的时候,这个老实忠厚的农民决定来偷人家的南瓜。

就在他下手的时候,忽然发现瓜蒂上挂着一根小布条,上面写着两个字:有毒。那年月,山里人种在野地的瓜果被人偷是常事。为了防贼,山民就想出这招吓贼。虚虚实实,真下毒的并不多见。果子爹将瓜偷回家后,经过检验,果然没真下毒。果子娘将南瓜切下半块熬了一锅汤,喂果子吃了一海碗,孩子的脸上才有了血色。

就在那天夜里,赵跛子的婆娘饿死了。赵跛子正哭着,猛然发现婆娘手里好像捏着啥东西。用劲去抠，抠出一张小纸条，上面歪歪扭扭写着几句话，那肯定是这可怜女人的遗书了。果子爹当时也硬着头皮站在人堆里，凑过去看那遗书，只见上面写道：后山坡有只南瓜，留给你和孩子活命。果子爹瞧明白，顿时如五雷轰顶，失魂落魄地回到家，再也难以合眼……

第二天早上，赵跛子家门口放着半块南瓜，村口的大槐树下吊死一个人，那正是果子爹。

在二〇〇四年的寒冬，我八十多岁的老奶奶向一大群后人讲了这个故事。当时我们正讨论在这个商业社会流行"人无良心吃饱饭"的问题，奶奶水平低，没理论，就讲了这个故事。

救命南瓜，道德食粮

赏析／秋　娟

在这篇文章中，作者我们讲述了一个饥荒年代的故事，平铺直叙，遣词造句简练朴实，却带给人们深深地思考。如果不是孩子快饿死，果子爹就不会去偷赵跛子的南瓜，强烈的父爱让他做下错事，这种行为本应该被谴责；可当他得知赵跛子的妻子宁可自己饿死，也要把食物留给孩子，这种母爱何其伟大，而他盗走了赵家惟一的"活命食"，他的良心受到了莫大的谴责。果子爹死了，他把另一半南瓜还给了赵家，作为父亲，他是那么愧疚、无奈。

这个一贫如洗的父亲在大年三十晚上和她一起坐火车准备看雪。

大年初一没下雪

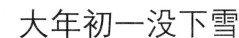

●文/山 鬼

　　去年春节,我又没赶上回乡的火车。

　　加班加到年二十八,我只有骂老板冷血,急匆匆跑到万佳百货,买了一大堆食品,赶到广州。广州火车站上已经挤满了人,加上大大小小的包裹,整个广场像个巨大的垃圾场。我被推来推去,好不容易找到售票处,小铁窗早就放下了。票贩子在我身边晃来晃去,一张普通的硬座票已被炒到了八百元一张。谁想在今天搭上火车,简直是白日做梦。

　　我一个月工资也不过两千余元,八百元的车票,实在让我承受不了。我大骂倒霉,一边打电话给家里,说准备年三十搭车,看样子只能在车上过年了,我提早向他们拜年,祝大家新年好!

　　在街上闲逛,找了间旅馆,订了房,给了三十块钱的手续费,订了一张年三十晚上返杭州的火车票。

　　年三十傍晚,广州火车站的广场突然间静了下来。满地的纸屑、垃圾瓶、吃剩的水果皮、白色的泡沫饭盒……几个清扫工没精打采地挥舞着扫把。

　　时间还早,我买了份报纸,走向车厢。

　　车厢里没人,我选了一个靠窗的位置坐下。看着书,不久就开车了。

　　不知到了哪个小站,上来一个农民模样的人,牵着个小女孩,对着车票仔细对看座号,辨认清楚了,他们才坐下。整个车厢其实没几个人,你想坐哪儿都行。一看就知,他们是不常坐车的。

那个男人四五十岁的样子,很像个农民,灰黄的脸、很深的皱纹,只是他的手不是又粗又大,他有一双又干又细的手。那个女孩的脸也是灰黄的,土头土脑的样子,谈不上好看,只是那双黑眼睛就像灰烬里的火星,一闪一闪的。

他们坐在我对面。男人坐下去时,半哈着腰,发出一声短促的笑声,好像说:"打搅了!"

这一路肯定无聊透了,你别想着找一个志同道合的同伴在火车上玩牌了,我继续看我的报纸。

晚上,餐车送了一次面条,黏糊糊的,看着都没胃口。

我拿出上车前买的江南酱鸭,还有一包面包,要了一瓶啤酒,准备凑合着吃一顿年夜饭。

我请对面的一起吃。男人忙摆着手,说:"不吃,不吃。"

我看见那个女孩看着面包,咽了一下口水。

我递过去一块面包,又撕了一只大鸭翅,笑着说:"吃吧,都过年了,客气啥!"

我又拿出花生米、凤爪几样下酒菜,索性大家喝个痛快。

我边吃边问:"你们回家过年?"

"嗯……不,小孩子没坐过火车,带她坐火车。"

"哦。"我嘴里应着,心里想中国还有这么浪漫的农民。

没怎么说话,饭很快吃完了,酒也喝光了。男人收拾桌上的碎骨。小女孩突然问我:"叔叔,你看见过雪吗?"

"见过,白的,有的人说像糖,有的人说像盐……"

"您给我说说吧,说说吧。"

说着话,我想去洗手间。

路过洗手池旁的过道,我看见那个男人抱着头,蹲在地上。

哭泣。我听到压抑的哭泣声。

在男人断断续续的哭泣中,我听到那女孩的故事。母亲在她四岁时去世了,九岁时她得白血病,到今天已经拖了四年,医生说今年可能是她的最后一个春节了。爸爸问她想要啥,她说只想看看雪,生长在广东偏僻的山区,她从来没有见到过雪。她生病前读的最后一篇课文是《济南的冬天》,在她脑海中不断地想像着真正的冬天的模样。她想翻过家乡的这座大山,看看山那边下雪是什么模样。

这个一贫如洗的父亲在大年三十晚上和她一起坐火车准备看雪。坐着这趟车去,坐着当晚回程的车回,再也没有多余的钱去住旅店、在车上吃饭了。临走前,他们听了天气预报,说杭州今夜有一场大雪。

我无法想像在这样一张黄灰皮肤的脸庞下有这样一颗细腻的心。

我走到座位旁,给小女孩耐心地讲起下雪时的种种趣事。

到站了,杭州很冷,风很大,却没有雪。

我拿了三百块钱给他,他死活不要。我留了一堆食品给他们。

他们送我上了从杭州回新安江的中巴,在车旁拼命摇着手。

在回乡的时候,最怕碰上风雪天,而我希望今天赶快下雪,下得越大越好。

一天无雪。

一夜无雪。

初三的晚上,一家人坐在火炉旁吃火锅。

我突然说了声:"下雪了。"

家人愣了一下:"你怎么知道,是下雪了吗?"

我没做声,径直走向窗边,拉开窗帘——

雪像细小的雨丝一样轻轻地落下,细细的,轻微的,那些声音像很薄的玻璃破碎时发出的极小的声音……

渐渐地,变成大片大片的雪花,顷刻间给大地掩上了一层被子,被子下熟睡着一个个善良而又苦难的灵魂,那些雪花飘下来的样子,就像怕惊醒他们似的……

181

无声的雪，无言的爱

赏析／秋　娟

　　这是一篇普通父亲深爱女儿的文章，让人看了十分感动、悲伤。这位父亲很不幸，他贫穷、无助，妻子也去世了，又即将面临失去女儿的打击。而这些痛苦并没有磨灭他舐犊情深的父爱，他独自流泪，但在女儿面前却表现得很坚强。为了满足女儿生前的愿望，他拿出微薄的积蓄去坐火车、看雪，这些看似平淡的小事却折射出父爱的光辉。

父亲在天上,他第一次能真正地看见我比赛了!所以我想让他知道。我能行!

父亲的眼睛

● 文/阿　易

　　有一个男孩,他与父亲相依为命,父子感情特别深。

　　男孩喜欢橄榄球,虽然在球场上常常是板凳队员。但他的父亲仍然场场不落地前来观看,每次比赛都在看台上为儿子加油。

　　整个中学时期,男孩没有误过一场训练或者比赛,但他仍然是一个板凳队员。而他的父亲也一直在鼓励着。

　　当男孩进了大学,他参加了学校橄榄球队的选拔赛。能进入球队,哪怕是跑龙套他也愿意。人们都以为他不行,可这次他成功了,教练挑选了他是因为他永远都那么用心地训练,同时还不断给别的同伴打气。

　　但男孩在大学的球队里,还是一直没有上场的机会。转眼就快毕业了,这是男孩在学校球队的最后一个赛季了,一场大赛即将来临。

　　那天男孩小跑着来到训练场,教练递给他一封电报。男孩看完电报,突然变得死一般沉默。他拼命忍住泪水,对教练说:"我父亲今天早上去世了,我今天可以不参加训练吗?"教练温和地搂住男孩的肩膀,说:"这一周你都可以不来,孩子。星期六的比赛也可以不来。"

　　星期六到了,那场球赛打得十分艰难。当比赛进行到四分之三的时候,男孩所在的球队已经输了十分。就在这时,一个沉默的年轻人悄悄地跑进空无一人的更衣间,换上了他的球衣。当他跑上球场边线时,教练和场外的队员们都惊异地看着这个满脸自信的队友。

"教练,请允许我上场,就今天。"男孩央求道,教练假装没有听见。今天的比赛太重要了,差不多可以决定本赛季的胜负,他当然没有理由让最差的队员上场。但是男孩不停地央求,教练终于让步了,觉得再不让他上场实在有点对不住这孩子。"好吧,"教练说,"你上去吧。"

很快,这个身材瘦小、籍籍无名、从未上过场的球员,在场上奔跑、过人,拦住对方带球的队员,简直就像球星一样。他所在的球队开始转败为胜,很快比分打成了平局。就在比赛结束前的几秒钟,男孩一路狂奔冲向底线,得分!赢了!男孩的队友们把他高高地抛起来,看台上球迷的欢呼声如山洪暴发。

当看台上的人们渐渐走空,队员们沐浴过后一一离开了更衣间,教练注意到,男孩安静地独自一人坐在球场的一角。教练走近他,说:"孩子,我简直不能相信,你简直是个奇迹!告诉我你是怎么做到的?"

男孩看着教练,泪水盈满了他的眼睛。他说:"你知道我父亲去世了,但是你知道吗?我父亲根本就看不见,他是瞎的!"

"父亲在天上,他第一次能真正地看见我比赛了!所以我想让他知道。我能行!"

世上最明亮的眼睛

赏析/秋 娟

这篇故事的结尾让人震撼!世上最伟大的是亲情,它无私、奉献、不求回报,父母对子女的爱更是如此。文中这位父亲双眼失明,但他没有埋怨生活的黑暗,相反,他鼓励孩子积极面对生活,面对阳光。孩子喜欢橄榄球,虽然他打的不好,但父亲了解儿子的激情,并始终支持他;虽然父亲看不见孩子在球场上的身影,但他的心时刻为他欢呼。最后,孩子赢得了胜利和荣誉,他是幸运的;而拥有世上最伟大的父亲,他是光荣而幸福的。

他给这个孤儿的遗言只有一句话,据说,那句话还是他的养母留给他的:这个世界,爱谁都值得。

爱谁都值得

文/马　德

　　他原本是一个弃婴,二十年前被一个女人抱回家。

　　这家就夫妻俩,四十岁上下,膝下无儿无女,住在这座城市的边上。日子过得也很恓惶,丈夫有病长年卧床,女人常常靠出外帮别人做事或者去城郊捡破烂养家糊口。然而,这家人对孩子并不薄,视同己出,虽然苦巴巴的,还是买了奶粉鸡蛋,一路把孩子拉扯大。

　　长大后,小学没念几天,他就不上了,跟着一帮孩子胡混。开始,他还回家。后来,一看到养父病恹恹地躺在床上,养母头发蓬乱地忙这忙那,他就有点烦这个家了。有一次,在城里的公园,他跟几个孩子抢了民工的钱，结果被抓了起来。放出来后，他想，如果那个家有一点嫌弃他，他就彻底地离开。然而养母依旧亲热地待他，似乎什么也没有发生一样。

之后，他的养父死了。他的养母也愈发地老了，像风中的蜡烛，头发花白而蓬乱，也愈加地憔悴了。到了就业的年龄，他没有找到工作，一天到晚四处闲转。结果，因为一次合伙抢劫，他被判了五年。五年的日子是灰暗的，这期间，还是这位六十多岁的养母，千里迢迢，奔到他服刑的监狱，探视他。望着已经风烛残年的养母，他有些痛心，觉得有些对不起她。

出来后，他并没有回到养母所在的那座城市。他辗转了好几个地方，最后在另一座城市待了下来。几乎没有安稳几天，他便又和当地的一些不三不四的人勾搭到了一起。这一次，他们要做一宗大买卖，然而，蹊跷的是，那天他们一伙人几乎就要得手了，结果他负责引爆的炸药，竟然没缘由地哑了火。

就因为炸药没有爆炸，运钞车安然无恙，周围的人安然无恙，而他们却被警方抓获了。在警方的询问中，他交待，他之所以没有引爆炸药，是因为在即将点燃引线的一刹那，他发现，旁边有一个蹬着三轮车的白发蓬乱的老女人，像极了自己的养母。

他的这一闪念，引起了警方的注意。通过当地派出所查询，得知他的养母还活着，警方便千里迢迢把他的老母亲接来，安排与他见面。当养母看到自己儿子的时候，便一下子扑上去抱住了他，母子俩抱头失声痛哭。养母说："你的事情，警察都和我说了。"他哭得愈加不能控制了，他说："妈妈啊，儿子对不起你，对不起你这么多年含辛茹苦地抚养。我这样狼心狗肺的家伙，辜负了你这么多年的爱。"他接着有些撕心裂肺地喊道，"妈妈，你爱错人了……"

"不，"养母拢了拢头发，接着说，"妈妈并没有爱错人。是的，在这之前，妈妈也曾伤心过，对你几乎已经不抱什么希望了，但是，这一次你所做的，让妈妈知道了，妈妈并没有爱错你！"

故事的结果很简单。漫长的刑期之后，他也已经一大把年纪了，他在一个偏僻而陌生的城镇开了一家小吃店。没有人知道他是从什么地方来的,原来是干什么的。那里的人们所知道的是,他接济过不少需要帮助的人,是一个很有善心的人。

他死之前,把他的那家店留给了一个孤儿。他给这个孤儿的遗言只有一句话,据说,那句话还是他的养母留给他的:这个世界,爱谁都值得。

爱,不需要选择

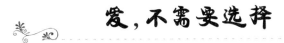

赏析/佚 名

"这个世界,爱谁都值得"让人深受启发。一个被遗弃的孤儿,在一个贫穷的家庭,受到养父母的关爱。可他却屡次做出让父母伤心的事。但是父母却从未因此而减少对他的关爱。正是因此在最后他又将犯错的关键时刻,深深的母爱触动了他的心灵,也让他的人生重写了。所以学着多爱别人,记住"这个世界爱谁都值得"。

感动系列

男孩哭着说:"葡萄藤是女孩的爸爸偷偷插下去的,我看见了。"

种植奇迹

●文/刘　柳

在院子里乘凉,我看见邻家一个小男孩吃葡萄,并把核埋在一个装满土的花盆里。

我问他:"你怎么把葡萄核埋在花盆里?"

"我想种出葡萄来。"他头都不抬地说。

"可种葡萄是用葡萄藤插栽的呀,你这样种不出的。"

"我知道。"

"那你干吗还这样?"我好奇了。

"种葡萄非要用葡萄藤吗?我想创造奇迹。"孩子抬起头,眼里贮满了希望。

之后,我总能看见那个男孩精心地为他种下的葡萄浇水,然后就蹲在花盆前发呆,以至于院子里其他小孩子叫他去玩,他也不理,显然,他沉浸在他的希冀里。

男孩的家长几天后才发现男孩的古怪。这天,他家的酱油用完了,父亲叫他去买酱油,连叫了几声,没人应,出去一看,发现男孩正蹲在门外,呆呆地守在花盆前。父亲便说:"你蹲在这里干什么?叫你几声都听不见,你的心飞到哪儿去了?买酱油去。"说着,他把钱塞在孩子手中。

过了好久,父亲还不见男孩回来,有些着急了,当他走出去查看的时候,却见那孩子还蹲在花盆前,手里捏着他给的钱。

孩子的父亲生气了,过去一把扯着孩子的手,吼道:"你怎么搞的?叫你去买酱油,你怎么还不动窝?"

孩子的心思还在花盆里,葡萄核栽进去很久了,依然没发芽,孩子有些失望了,他说:"我在想葡萄怎么不发芽?"

孩子的父亲听了,更气了,大声说:"以前就跟你说过,你这样做没用,真是执迷不悟!"说着打了孩子一个耳光,并举起花盆,把它摔碎了。

孩子看着满地的泥土与碎片,哭了。

男孩毕竟还小,在他沉默了几天后依旧和院子里的小孩一起玩。

一个星期后,也是乘凉的时候,我看见一个女孩吃葡萄时也把葡萄核埋在了花盆里,我想过去告诉她葡萄核长不出葡萄。但还没等我过去,男孩也看见了,他走了过去,跟女孩说:"你怎么把葡萄核埋在花盆里?"

"我想种出葡萄来。"

"种葡萄是用葡萄藤插栽,你这样种不出来的。"

"我知道。"

"那你干吗还这样?"

"种葡萄非要用葡萄藤吗?我想创造奇迹。"女孩抬起头。眼里贮满了希望。

男孩说:"真的,你这样做没用,我以前也这样做过,没用的。"

"种下去要每天浇水,你知道吗？"

男孩点点头,说:"我一直在浇水,那也没用。"

几天后,女孩的花盆里居然长出嫩嫩的葡萄藤来,女孩开心极了。我看见她把院子里的小孩都叫去看,也叫了男孩。但男孩没去,男孩在一群孩子围着花盆看时,一个人躲在一边流泪了。

我走过去,轻轻对他说:"你怎么在这里流泪？"

男孩哭着说:"葡萄藤是女孩的爸爸偷偷插下去的,我看见了。"

男孩又说:"她爸爸真好。"

需要保护的希望

赏析／迎　伟

孩子总会有各种各样的希望,文中的女孩是幸运的,她种下的种子在爸爸的帮助下长出了嫩嫩的葡萄藤,爸爸与众不同的爱让女孩收获了惊喜,体验到了成功,这将是她一生追求希望的良好开端。而我们每个孩子,包括文中的男孩,即使在追梦的路上遇到了挫折甚至失败,但只要坚持不懈,就一定会梦想成真！

全文采用对比的方法,使主题更加鲜明。

她顺着阿姨的目光望过去,只见"大灰熊",不,是爸爸,一边轻轻挥动大手,一边频频向这边张望。

生日礼物

● 文/蒋太萱

清晨,小娟一睁开眼睛便在屋子里寻觅——洋娃娃、小狗熊……这些刚才还出现在梦中的小宝贝,此刻在哪儿呢?

小娟寻找的是一份生日礼物。今天是她的十三岁生日。在这个特殊的日子里,早晨一醒来便看见爸爸妈妈准备的漂亮礼物,在小娟看来,是她所能享受到的最大的幸福。九岁以前,这份幸福每年都陪伴着她。但自从那天妈妈病逝后,它就渐渐远去了。忙碌而粗心的爸爸,总是记不住女儿的生日。不知今天……

床头,饭桌,书包里,小娟没有发现任何让她惊喜的礼物。爸爸已上班去了,连一张祝女儿生日快乐的字条也没留下。看来没有事先提醒,他就真的记不住女儿的生日。委屈的泪水在小娟的眼眶里直打转,她闷闷不乐地背起书包出了门。

路过市里最大的百货商场,小娟那无精打采的目光被商场门口一只蹦蹦跳跳地招徕顾客的"大灰熊"吸引住了。这只"大灰熊"是人装扮的,举手投足都显得滑稽有趣。小娟好奇地打量着"大灰熊",同时看到了它身后商场里那些琳琅满目的商品。小娟突然产生了一个强烈的愿望:为什么不向爸爸要点钱,自己去买份礼物送给自己呢?

这真是个好主意,小娟高兴得差点跳起来。中午放学后,她急急忙忙地走进了那家商场。她要先去选好礼物,才知道该向爸爸要多少钱。在玩具柜台前,小娟看见那只"大灰熊"在身旁走来走去颇为可爱,干脆就选了一只与它模样差不多的"小灰熊"。

就看能不能向爸爸要到钱了。小娟一路琢磨着回到家,爸爸还没回来。等了好一阵,爸爸才匆匆忙忙地跨进家门。

看到爸爸又累又饿的样子,小娟不禁犹豫起来:家里给妈妈治病欠下的债还没有还清,爸爸的工厂又很不景气,自己怎么还能向他撒谎要钱去买一份并不重要的生日礼物呢?

吃饭的时候,小娟闷着头喝爸爸炖的骨头汤,心里反复思量着。突然,爸爸说:"前两天,厂里开了会,说要下岗一批人。"小娟吃了一惊,抬头望着爸爸的脸:"爸爸,你下岗了?"爸爸笑了:"看你急的。爸爸这么能干,怎么会下岗呢?"小娟松了口气,见爸爸心情不错,便不再犹豫,把想好的话说了出来:"爸爸,学校通知我们,下午要交四十元电脑上机费。"

爸爸一愣:"啊,又要交钱?"小娟不敢看爸爸的眼睛,使劲点点头。爸爸考虑片刻,走进里屋拿出一沓零票,仔细数了好几遍,整整齐齐地折好递给小娟,嘴里不停地说:"揣好,别掉了。"那沓钱就像一块烧红的铁,烫得小娟脸上火辣辣的。

耐着性子等到下午放学,小娟飞快地向商场跑去。在商场门口,正碰到那只"大灰熊"憨态十足地表演节目,小娟顾不上多看它一眼,径直来到玩具柜台前。"阿姨,我买那只'小灰熊'。"售货员阿姨望着她问:"你叫小娟吧?"小娟没想到这位陌生的阿姨会知道自己的名字,迟疑着点点头。阿姨把"小灰熊"往小娟怀里一塞:"给,这是你爸爸送你的生日礼物。"

"爸爸送我的?"小娟仿佛在做梦,"他怎么知道我喜欢它?"售货员阿姨犹豫了一下,朝着那只"大灰熊"努努嘴说,"喏,它就是你爸爸扮的,他一个月前下岗后就到我们这里来了,你中午来选玩具的情形他看得一清二楚。"

"爸爸下岗了?我怎么不知道?"小娟吃惊极了,脑海里浮现出中午爸爸欲言又止的情形。

她顺着阿姨的目光望过去,只见"大灰熊",不,是爸爸,一边轻轻挥动大手,一边频频向这边张望。小娟流着泪,抱起"小灰熊"向爸爸跑去……

藏在背后的父爱

赏析／秋　娟

　　小娟的母亲因病去世了,家里生活非常贫困。爸爸为了支撑小娟的生活和学业,不辞劳苦地工作,这位父亲对女儿的爱都融入平淡的岁月里。作为孩子,小娟知道爸爸不容易,可她还是因为很久没有生日礼物而郁闷。让她没有想到的是,爸爸并没有忘记女儿的生日,而是迫于生计,从未曾表达。

　　当小娟看见那只可爱的"大熊"的真面目时,她终于明白,爸爸给她的爱也一直藏在背后,虽然看不见,但无时无刻不在她身边,给她温暖和希望!

把爱传下去

感动系列